孩子愛讀的漫畫中國經典

成語故事 ③

智慧篇

幼獅文化　編繪

園丁文化

看漫畫、讀故事、學成語

妙趣橫生的紙上閱讀

中文是一種古老而博大精深的語言，有着豐富的詞彙和表達形式。成語是其中一種特有的詞彙，結構固定，言簡意賅，卻極富表現力。

成語的數量數以萬計，它們由古代沿用至今，經過數千年的錘煉，而成為中國語言中的精華。它們有的來源於神話傳說，有的來源於歷史故事，還有的來源於各種文學作品。幾乎每一個看似簡單的成語，背後都有令人着迷的故事。這些故事或是記載了一個人的成長與挫折，或是還原了古代帝王治國的策略與手段，或是表現了古人在生活中的智慧與哲學……閱讀成語故事，不僅能讓孩子們了解精彩紛呈的中國古代世界，領略古人的智慧，還能讓孩子們加深對成語的理解，進而熟練掌握並運用成語。

這套成語故事，分為《人物篇》、《寓言篇》、《智慧篇》和《謀略篇》4冊，共收錄孩子們在日常生活中常見、常用的220個成語。

　　採用引人入勝的漫畫形式，同時融入中國經典連環畫的特色，獨具中國韻味。漫畫中的人物形象栩栩如生，服飾、場景古色古香。每幅漫畫下配有簡潔、流暢的文字；每個成語都有詳細的釋義及講述完整的成語故事，讓孩子們能輕輕鬆鬆地掌握經典成語背後的歷史、人物、文化精神及深刻寓意。每冊書還精心設計了「成語百寶箱」，將成語分類歸納，幫助孩子們高效記憶，觸類旁通。

　　希望這套圖書可以成為孩子們學習成語的好幫手、好夥伴，並讓孩子們在妙趣橫生的閱讀中領略到中文的魅力。

目錄

智慧篇

愛屋及烏

釋義：因為愛一個人而連帶愛他屋上的烏鴉。比喻愛一個人而連帶關心跟他有關係的人或物。

1 商朝末年，紂王殘暴無道，民不聊生。西伯侯姬昌與其子姬發得到姜子牙、周公和召公等人的幫助，勢力逐漸強大起來。

2 公元前1046年，姬發聯合各方諸侯，在牧野與商朝軍隊展開激戰。商紂王因不得民心，在這場大戰中大敗。

3 都城朝歌被一舉攻克，商紂王自知沒有退路，在宮苑中自焚而死。姬發滅商後，建立了周王朝，成為歷史上有名的周武王。

4 周武王掌握政權後，對如何處置商朝遺民這個問題始終猶豫不決。於是，他召集羣臣前來商議。

5 太師姜子牙説：「我聽説如果喜愛一個人，就連他屋上的烏鴉也喜愛；如果討厭一個人，就連帶着討厭他家的所有人。」

6 姜子牙接着説：「既然是商朝留下來的人，不如把他們全都殺了吧。」周武王聽後吃了一驚，連連擺手搖頭。

7 召公説：「那殺掉有罪的人，赦免無罪的人，如何？」周武王還是覺得不安。

8 這時，周公站出來說：「讓他們回各自的家裏，耕種各自的田地，並且任用其中賢德的人，這樣做可以嗎？」

9 周武王聽了，拍手讚歎道：「這才是仁政啊！就採取這個辦法吧！」

10 於是，他馬上下令，將糧食和財物發放給商朝軍民，還遣散了紂王宮中的宮女，讓她們回家鄉去了。

11 這些舉動讓周武王贏得了百姓的擁護，天下很快就安定下來了。

安然無恙

釋義：原指人平安沒有疾病，後來泛指人或物平平安安，沒有受到損害。

1 戰國時期，羣雄並立，其中秦國勢力日趨強大，並且有了吞併趙國的打算。

2 這時，趙惠文王去世了，年幼的趙孝成王繼位。由於趙孝成王的年紀還小，國家大事暫時由他的母親趙威后處理。

3 趙威后主持國事之初，秦國趁機加緊對趙國的進攻。趙國兵力不足，國家岌岌可危。

4 趙威后是個聰明又有見識的女子。她見國家形勢危急，立即派人向齊國求援。

5 齊國為了日後能控制趙國，要求趙威后把她的小兒子長安君送到齊國作為人質。

6 趙威后雖然捨不得長安君，但是為了國家利益，還是把他送到了齊國。齊國這才出兵，幫助趙國擊退了秦軍。

7 擊退秦國軍隊後，齊國使者帶着齊王的信到趙國問候趙威后。

8 趙威后沒有先看信，而是問使者：「齊國的收成不錯吧？老百姓平安嗎？齊王身體無恙吧？」

9 齊國使者不高興地說：「齊王派我來問候您，您卻先問齊國的收成和百姓，難道齊王還沒有收成和百姓重要？」

10 趙威后卻笑着說：「沒有收成，怎會有百姓？沒有百姓，又怎會有君王呢？難道問候時可以捨棄根本而先問枝葉嗎？」

11 齊國使者聽了，既佩服又慚愧，馬上一一回答了趙威后的提問。

八仙過海

釋義：比喻各自有一套辦法，或者各自施展本領，互相競賽。

1 傳說，從前有八位法力高強的神仙，他們分別是呂洞賓、鐵拐李、韓湘子、藍采和、張果老、漢鍾離、曹國舅和何仙姑。

2 有一年，西王母邀請他們到瑤池參加蟠桃盛會。八仙相約同行，途經東海時，只見波濤洶湧，一派驚心動魄的景象。

3 呂洞賓提議道：「駕雲過海不算本事，不如我們每人拿出一樣法寶丟到海裏，踏浪而過吧？」眾仙紛紛表示贊成。

4　鐵拐李最先渡海，他將寶葫蘆往海裏一拋，頓時它就變成一條葫蘆船。鐵拐李輕輕一躍，跳到上面，從容地乘船過海。

5　韓湘子也不甘示弱，從懷裏掏出一本書拋到海面上，然後騰空而起，單足站在上面，還取出簫管，輕輕地吹奏起來。

6　曹國舅緊跟着投下了玉笏，在海面上隨波漂流。

7　漢鍾離的法寶是一把芭蕉扇，那扇子被他甩至海面後，瞬間大如蒲席。他舒舒服服地盤腿坐在上面，十分愜意。

8 呂洞賓從背後抽出長劍，向海中一指，海水頓時分成兩半，中間空出一條寬敞的大道。然後，他不緊不慢地穿了過去。

9 藍采和將花籃放進海中，花籃瞬間就變大數倍，花兒香氣撲鼻。他熱情地邀請何仙姑一同渡海，何仙姑擺擺手拒絕了。

10 只見她從頭上取下一朵荷花放入海裏。荷花馬上就變成了一條荷花船。不一會兒，何仙姑就乘着荷花船到了海的另一邊。

11 最有趣的是張果老，他倒騎在驢背上，哼着歌曲，優哉游哉地踏浪而行。就這樣，八位神仙各顯神通，輕鬆地渡過了東海。

半面之交

釋義：與別人有見過一面的交情。形容交情不深。

1 東漢時，汝南有位名叫應奉的才子。他從小聰明好學，記憶力驚人，凡是見過的人或經歷過的事，都能牢記於心。

2 應奉二十歲時，奉命到二十四個縣檢查案卷。案卷共有數十卷，涉及二千多人。他一目十行，且不用紙筆記錄。

3 可當他回去向太守彙報時，不僅能歷數不同罪犯的罪行，還能詳盡說明所有案件的審理情況。太守聽了既感慨又佩服。

4 一次，應奉與好友許訓一同進京。在半路上，許訓看到了一篇文采飛揚的碑文，想下馬慢慢欣賞。

5 應奉阻止他説：「許兄不必下馬了，我剛看了幾眼碑文，已將它記在心裏，等到了客棧，我抄給你就是了。」

6 許訓不相信他的話，應奉沒有辦法，只好背過身去，將碑文一股勁兒全背了出來，而且一字不差。許訓聽了不禁瞠目結舌。

7 更令人吃驚的是應奉對人物樣貌的記憶。一次，他去拜訪朋友袁賀，可敲了半天門，也不見有人來開門，便準備離去。

8 這時大門開了，從裏面探出半張臉來。原來袁賀不在，家中只有一個匠人在造車。聽到有人敲門，匠人便開門看了一眼。

9 得知好友不在，應奉也就沒說什麼，轉身離開了袁家。

10 一晃幾十年過去了。一天，應奉上街閒逛。遠遠地，他就認出了多年前那個匠人，還上前與對方打招呼。

11 匠人覺得莫名其妙，還以為應奉認錯人了。經過一番交談，匠人才知道，應奉曾在幾十年前與自己有過半面之交。

半途而廢

釋義：原指路走了一半就停下來，現在比喻事情沒有做完就停止，不能善始善終。

1 東漢時期，有一個叫樂羊子的人。他的妻子不但賢慧，還懂得很多道理。

2 有一次，樂羊子外出時，望見路上有一塊亮閃閃的東西。走近一看，原來是塊金子，他就把它撿了起來。

3 回到家裏，樂羊子把那塊金子遞給妻子，說：「我在路上撿到了一塊金子，正好可以拿來補貼家用。」

4 妻子沒有接過那塊金子，而是說：「我聽說有志氣的人不會接受不敬的施捨，更不會拾到別人的東西就帶回家裏。」

5 樂羊子聽了，感到很慚愧，就把撿到的那塊金子放回了原處。

6 後來，樂羊子決定外出求學，增長見識。妻子非常贊同他的想法，讓他不用擔心家裏，儘管出去求學。

7 可是，才過了一年，樂羊子就突然跑了回來，興沖沖地推開家門。

8 正在織布的妻子見了，覺得很奇怪，就問：「您怎麼現在就回來了？難道書已經讀完了？」

9 樂羊子說：「離家的這段時間，我非常想念家裏，所以想回來看看。」妻子聽了，拿出剪刀把已經織了幾尺長的布給剪了。

10 妻子說：「織布要花很長的時間，我現在把布剪斷，那之前的工夫就白費了。讀書和織布一樣，不能半途而廢。」

11 樂羊子覺得妻子的話很有道理，就安心地回去讀書了。他發憤苦讀，七年之後，終於學成歸來。

背水一戰

釋義：在艱難的情況下和敵人做最後決戰。比喻面臨絕境，為求得出路而做最後一次努力。

1 韓信是漢王劉邦手下的一員大將。有一年，他奉命率領數萬兵馬去攻打趙國。

2 趙國聞訊，準備集中二十萬兵力迎戰。趙國的謀士建議突襲漢軍，但是大將陳餘仗著兵力的優勢，堅持要與漢軍正面作戰。

3 韓信了解到這一情況後，非常高興，立即命大軍行進到距趙軍三十里的地方安營紮寨。

4 到了半夜，韓信派二千輕騎兵準備突襲。這二千人每人帶一面漢軍的旗幟，抄小路繞到趙軍大營的後方，埋伏起來。

5 韓信還讓偏將給大家發放乾糧，說等戰勝趙軍後舉行大會餐。將領們都不太相信，只敷衍地說：「好啊。」

6 然後，韓信又派出上萬人的先頭部隊，靠着水邊擺開陣勢。敵軍見了，都哈哈大笑起來，因為背水列陣向來是兵家大忌。

7 天亮後，漢軍一面擂鼓，一面向趙軍殺去。雙方激戰了半天也沒分出勝負。

8 不久，韓信假裝落敗，把旗子、戰鼓丟棄，率軍往水邊陣地撤退。

9 趙軍不知是計，全部離開營地前去追擊漢軍，想要捉拿韓信。

10 這時，事先埋伏着的二千輕騎兵按照韓信的部署，衝進無人看守的趙營，將趙營的旗幟全都換成了漢軍旗幟。

11 趙軍一直追到漢軍靠河的陣地，漢軍無路可退，為了活命，只得奮勇殺敵。

12 趙軍抵擋不住，只得退回營地，卻發現營內全是漢軍旗幟，隊伍頓時大亂。

13 韓信趁勢發起進攻，很快就打敗了趙軍，並俘虜了趙王。

14 戰後慶祝勝利時，將領們問韓信：「兵書上說，背水列陣是兵家大忌，將軍為什麼要明知故犯呢？」

15 韓信說：「兵書也說『置之死地而後生』。在有退路的地方布陣，危急時士兵們只會逃跑，怎可能拚命殺敵？」

病入膏肓

釋義：古人把心尖的脂肪叫「膏」，心臟與膈膜之間的部位叫「肓（粵音方）」，形容病到了無法醫治的地步。比喻事情到了不可挽救的程度。

1 春秋時期，秦國的醫緩是當時有名的神醫，據說他治好了很多疑難雜症。

2 有一年，晉景公得了重病。國內的名醫得知這一消息後，紛紛趕來為他看病，卻都對他的病情束手無策。

3 聽說秦國的醫緩醫術非常高明，晉景公便馬上派人去請他來為自己治病。

4 醫緩還沒到的時候，晉景公做了一個夢，夢見他的病變成了兩個小人，在他的枕邊說悄悄話。

5 一個小人說：「醫緩馬上就要來了，我看我們是在劫難逃了。」

6 另一個小人卻說：「別擔心，只要我們躲在膏肓之間，不管他用什麼方法，都不能把我們怎麼樣。」

7 過了幾天，醫緩到了晉國，他顧不上休息，馬上進宮為晉景公把脈診治。

8 不久，他歎氣說：「大王，您的病在膏的下面，肓的上面，那是灸法、扎針、湯藥都無法起作用的地方，沒辦法了。」

9 晉景公聽了，想起自己做的那個夢，不禁感歎道：「你的醫術果然高明。」

10 儘管醫緩沒有治好晉景公的病，晉景公還是叫人送了一份厚禮給他，然後讓他回秦國去了。

11 醫緩走後沒幾天，晉景公就去世了。後來，人們從醫緩的話中總結出了「病入膏肓」這個成語。

不得要領

釋義：原指沒有了解到真實意圖和取向。後指沒有掌握事物的要領或關鍵。

1 西漢初年，匈奴頻頻侵犯漢朝領土，騷擾掠奪邊境居民。

2 匈奴對漢朝的統治構成了嚴重的威脅。年輕的漢武帝胸懷大志，一掌握實權，就下決心要滅掉氣焰囂張的匈奴。

3 有一年，一個被俘的匈奴人告訴漢武帝，月氏王被匈奴人殺害，月氏人被迫離開故土，與匈奴結下了仇恨。

29

④ 漢武帝聽到這一消息後，產生了聯合月氏消滅匈奴的想法。他派人廣貼皇榜，招募願意出使月氏的人。

⑤ 當時，張騫剛任皇帝侍從官不久。他血氣方剛，自告奮勇應募前往。

⑥ 最終，他憑藉超人的智慧和毅力，在眾多應徵者中脫穎而出。沒過多久，他便拜別漢武帝，手持漢朝使節，帶着一支上百人的隊伍，從長安浩浩蕩蕩地出發了。

7 他們要穿過黃河西邊的匈奴地區悄悄進入西域尋找月氏人。沒想到，他們剛進入匈奴的地界，就被匈奴騎兵俘虜了。

8 張騫被押送到匈奴單于面前。單于三番五次地勸說他投降，他卻寧死不屈。單于便將他扣押了下來。

9 就這樣，張騫被扣押了十多年。期間，為了籠絡張騫，單于還賜給他一個匈奴女子，讓他在匈奴成親生子。

10 但張騫始終不忘自己的使命，他表面上順從，暗中卻在計劃出逃。一天，他趁匈奴人不備，與一個隨從騎上快馬逃走了。

11 他們一路向西奔逃，來到了一個叫大宛
的國家。大宛王有意與漢朝交好，便派
了嚮導和翻譯，將他們送到了康居國。

12 康居王也十分友好，派人將他們護送到了
月氏國。月氏王禮貌地招待了張騫，卻沒
有正面回應與漢朝共同抗擊匈奴的請求。

13 原來月氏人一路遷徙來到中亞。此處土地
肥沃，物產豐饒，月氏人在此定居，發展
農耕，完全打消了向匈奴復仇的想法。

14 張騫在那裏居住了一年，月氏王都沒有
明確表態，只好無功而返。《史記》用
「不得要領」來評論張騫的這次出使。

草木皆兵

釋義：野草和樹木都像是敵兵。形容人疑神疑鬼，稍有一點動靜，就感到害怕。

1 公元383年，前秦苻堅率領八十萬大軍南下攻打東晉。東晉大將謝石、謝玄率領八萬精兵前去抵抗。

2 雙方兵力懸殊，苻堅勝券在握，便派朱序去勸降謝石。朱序原是東晉舊部，戰敗被俘後成為前秦尚書，心裏仍忠於東晉。

3 見到謝石後，朱序不但沒有勸降對方，反而提醒謝石要先發制人——趁苻堅後續大軍未到，襲擊他的先鋒部隊。

4 謝石採納了朱序的建議，抓住時機，派大將劉牢之率五千精兵發動突襲，很快便將苻堅的先鋒部隊擊潰。

5 晉軍首戰告捷，極大地鼓舞了士氣。全軍一路向前，抵達淝水邊，在八公山下安營紮寨，與秦軍隔岸對峙。

6 苻堅沒想到自己的損失會如此慘重。他登上壽陽城樓視察前線，看到江對岸的晉軍士氣高昂，不禁感到陣陣恐慌。

7 他再望向八公山，老覺得山上的一草一木都像是晉軍的士兵，就對旁人說：「晉軍這麼強大，怎麼能說他們兵力不足呢？」

8 他害怕晉軍的實力，但又不甘心就此放棄，於是命令秦軍加強防守，不許輕舉妄動。

9 謝玄等了幾天，見秦軍沒有動靜，擔心拖下去會對自己不利，便派使者請求秦軍稍往後退，以便騰出空地讓雙方作戰。

10 符堅的部下都不同意後退，符堅卻認為後退沒有什麼不利，而且能趁晉軍渡河時來個突襲，於是接受了晉軍的請求。

11 到了約定日子，符堅下令後撤。由於秦軍是由各族人湊起來的，他們不願為符堅賣命，一撤退整個隊伍就失去了控制。

12 謝玄見狀,趁機率領騎兵渡過淝水,向秦軍發起猛攻。

13 這時,朱序也趁亂在秦軍中大聲喊道:「快跑啊!秦軍敗了!秦軍敗了!」

14 秦軍本來就亂了陣腳,現在聽說「秦軍敗了」,更是嚇得丟盔棄甲,爭相逃命。晉軍乘勝追擊,把幾十萬秦軍打得一敗塗地,只剩十萬人跟着符堅狼狽逃走。

乘興而來

釋義：趁着一時的高興趕來，多與「敗興而歸」連用。

1 王徽之是東晉書法家王羲之的兒子，性格高傲，豪放不羈。他做官時，從不過問官衙事務，常常蓬頭垢面，四處閒逛。

2 一次，車騎將軍桓沖遇見王徽之，問他在軍府中擔任何職。王徽之自己也不清楚，隨口答道：「好像是管馬的吧。」

3 後來，王徽之乾脆辭去官職，隱居於山陰，平日裏只管喝酒下棋、縱情山水。

4 一日，天下起了鵝毛大雪。到了深夜時分，才終於雪過天晴。

5 王徽之半夜醒來，起牀推開窗戶，美妙的雪景便映入眼簾：白雪皚皚，圓月高掛，月光與雪光交相輝映，分外空明靜寂。

6 王徽之頓時雅興大發，讓僕人取來美酒，一面對景自酌，一面吟誦着左思的《招隱詩》。

7 「若有琴聲相伴多好啊！可惜彈得一手好琴的戴逵（粵音葵）不在。」王徽之突然生了夜訪戴逵的念頭，忙讓僕人備船。

8 戴逵住在剡（粵音贍）溪，與山陰有段距離，但王徽之還是興沖沖地出門了。小船輕快地前行，他的興致越發高漲。

9 「快，快，快！」王徽之一路不斷地催促着僕人，恨不得立刻到達戴逵的住所，與他共賞美景。

10 拂曉時，小船終於來到了戴逵家門前。誰知王徽之卻突然要僕人掉轉船頭回去。

11 僕人感到莫名其妙，問王徽之為何不去見戴逵。王徽之笑着答：「乘興而來，盡興而返，為何一定要見到戴逵呢？」

出人頭地

釋義：高出人一頭。形容德才或成就超出一般人。

1 公元1057年，北宋朝廷組織科舉考試，來自全國各地的學子紛紛進京參加考試。

2 四川有個年輕學子名叫蘇軾，他為實現心中的理想和抱負，千里迢迢來到京城。

3 考試如期舉行，這次考試的主考官是當時著名的政治家、文學家歐陽修。

4 考場裏坐滿了考生，有的勝券在握，有的忐忑不安。蘇軾拿到考卷後，稍作思考就寫下了一篇《刑賞忠厚之至論》。

5 很快，考試結束了，考卷上的考生名字被密封起來。歐陽修和其他考官開始進行閱卷工作。

6 歐陽修審閱了許多考卷，有些文章很優秀，也有些文章十分平庸。當看到蘇軾寫的文章時，他一下子就被吸引住了。

7 歐陽修忍不住把這篇文章拿給其他考官看，其他考官看後也認為這篇文章言辭懇切，富有文采。

8 歐陽修很想把這名考生定為第一名，但又懷疑這篇文章是自己的門生曾鞏寫的，為了避嫌，只得把他判為第二名。

9 開榜時，歐陽修注意到被自己定為第二名的不是曾鞏，而是一個叫蘇軾的年輕人。歐陽修很後悔。

10 後來，蘇軾去拜謝歐陽修時，又把自己寫的其他幾篇文章拿給他看，請他指教。歐陽修對這個才華橫溢的青年更加喜愛了。

11 歐陽修給好友梅堯臣寫信說：「蘇軾才學出眾，我要給他讓路，讓他能早日超越我一頭。」成語「出人頭地」由此而來。

額手稱慶

釋義：雙手合掌放到額頭上，表示慶賀、慶幸。

1 宋神宗趙頊（粵音旭）即位後，對北宋積貧積弱的局面深感憂心。宋神宗很欣賞王安石的才幹，任命他為宰相主持變法。

2 翰林學士司馬光與王安石是故交，但是司馬光主張節流，王安石主張開源，兩人常因政見不同而進行激烈的爭辯。

3 後來王安石頒布了「青苗法」。司馬光認為青苗法實施後，縣官靠權柄放錢收息，比平民放貸收息危害更大，十分不滿。

4 公元1071年，司馬光的好友范鎮因反對王安石而被罷官，司馬光憤然上疏為范鎮鳴不平，並辭官去了洛陽。

5 司馬光不再議論政事，在洛陽待了整整十五年。這期間，他專心寫書，完成了歷史著作《資治通鑑》。

6 由於他愛護百姓，又關心民眾疾苦，洛陽百姓都尊稱他為「司馬相公(宰相)」，這一稱號連婦女和小孩都知道。

7 公元1085年，宋神宗去世，年僅十歲的宋哲宗即位，太皇太后高氏聽政。司馬光被召回京主持國政，擔任宰相一職。

8 司馬光回京後，無論走到哪裏，都有圍觀他的人。人們把街道都堵滿了，他騎的馬都走不動了。

9 當他來到宮廷時，宮廷衞士看見他，紛紛把手放在前額上，高興地喊道：「這是司馬相公啊，司馬相公回來了！」

10 為了實現廢除新法的主張，司馬光一上任就把因反對新法而被貶的眾多官員召回朝中任職。

11 很快，新法被廢除了。然而，司馬光回朝僅一年多就因病逝世了，後來被追封為溫國公，諡號文正。

分道揚鑣

釋義：原指分路而行。現在多比喻目標不同，各走各的路或各做各的事。

1 南北朝時期，北魏有一個名叫元志的大臣，他聰明過人，很有才華。孝文帝非常欣賞元志，讓他做了洛陽令。

2 元志上任後，不畏豪強惡霸，把洛陽治理得井井有條。

3 元志看不起那些才疏學淺的達官貴人，常常奚落他們。那些人非常生氣，卻又無法辯駁。

4 有一次，元志乘着馬車外出遊玩。走到半路的時候，御史中尉李彪的馬車從對面飛快地駛來。

5 元志的官職比李彪低，按理說元志應該給他讓路。不過，元志看不起李彪，偏不給他讓，還故意停下馬車攔在路中間。

6 李彪見馬車突然停了，便詢問車夫是怎麼回事。車夫回答說，路被對面的馬車堵住了，過不去。

7 李彪走下馬車查看，發現那輛馬車上坐着的是元志，便生氣地責問他：「我的官職比你高，你為什麼不給我讓路？」

8 元志振振有詞地說：「我是洛陽的地方官，你不過是洛陽的一個住戶而已，哪有地方官給住戶讓路的道理？」

9 他們兩個互不相讓，爭吵不休。吵到最後，他們決定進宮去，找孝文帝來評評理。

10 在孝文帝面前，兩人又面紅耳赤地吵了起來，誰也不讓誰。孝文帝聽了半天，才大概聽明白是怎麼回事。

11 孝文帝不好評判，便說：「在洛陽自然要分路而行，驅馬前進，以後你們分開走吧。」成語「分道揚鑣」由此而來。

改過自新

釋義：改正錯誤，重新做人。

1 漢朝初年，山東臨淄有位叫淳于意的醫生。他早年曾做過管理糧倉的小官，後來辭官回鄉，潛心學醫，成了名醫。

2 淳于意醫術高明，名聲在外，很多達官貴人都想請他到府上當侍醫，但淳于意怕自己的行動受到束縛，便一一謝絕了。

3 沒想到，他這一舉動無意中招致了別人的怨恨。有一個當地的權貴向官府誣告他，說他「玩忽人命」。

4 百口莫辯的淳于意被官府判處肉刑（砍去手腳、割掉鼻子等肉體的懲罰）。按規定，他要被押往長安受刑。

5 淳于意沒有兒子，只有五個女兒。臨行前，女兒們都手足無措，圍着他的囚車，號啕大哭。

6 淳于意見此情景，仰天長歎：「只恨我沒生一個兒子啊！到了緊要關頭，你們這些丫頭沒有一個有用的！」

7 小女兒緹縈（粵音題盈）聽了父親的話，心中既難過又不服氣。她決定跟隨押送父親的隊伍一起去長安，並設法營救父親。

8 緹縈跟着押送父親的隊伍，一連走了好幾個月，終於到達千里之外的長安。

9 緹縈借來筆墨和竹簡給漢文帝寫信。她在信上說：「我甘願做奴隸，來贖父親的罪，好讓他有改過自新的機會。」

10 漢文帝看了這封情真意切的信後，被緹縈的一片孝心深深打動了。

11 最終，他下令赦免了淳于意，並在這一年廢除了殘酷的肉刑。

各得其所

釋義：表示每個人或事物都得到恰當的安排。

1　西漢時，漢武帝劉徹有個叫昭平君的外甥。昭平君仗着自己是皇親國戚，平日裏總是胡作非為。

2　昭平君的母親隆慮公主知道兒子的惡行後，常常擔心兒子劣性不改，以後會犯下死罪。

3　後來，隆慮公主患了重病，漢武帝前來探望。她說：「陛下，我願用一千兩黃金和一萬貫銅錢，為昭平君預贖死罪。」

4 漢武帝雖然知道這樣做不妥，但為了安慰病重的妹妹，只好點頭答應了。沒過多久，隆慮公主就去世了。

5 果然，隆慮公主死後不久，昭平君就在酒樓喝酒時與人發生糾紛，衝動之下把人殺死了。

6 很快就有人報了官，昭平君被捉拿入獄。按照當時的律法，即使昭平君是皇親國戚，也要被判處死刑。

7 漢武帝非常難過，歎息道：「我妹妹很晚才生下這個兒子，死前把他託付給我。現在要判他死罪，我實在不忍心。」

8 大臣們聽了，勸說道：「隆慮公主已經為他贖了死罪，陛下就赦免他一次吧。」

9 漢武帝搖搖頭，說：「赦免他就會破壞法令，失信於民啊！」說完，他流着淚批准了昭平君的死刑。

10 東方朔說：「仇人有了功勞也要獎賞，至親犯了死罪也要誅殺，人人都能得到妥善的安置，這才叫各得其所啊！」

11 漢武帝聽了，覺得東方朔說的話有道理，心裏也就好受了許多。臨下朝前，他還下令賞賜給東方朔一百匹帛。

黃粱一夢

釋義：比喻虛幻的夢境或慾望破滅，也作「黃粱美夢」或「一枕黃粱」。

1 從前，有位姓盧的書生，他多次參加科舉考試，卻總是落榜。有一年，他又上京趕考，途中投宿於一家客棧。

2 在客棧中，盧生結識了一位叫呂翁的道士，那道士略懂些神仙之術。盧生與他一見如故，便向他傾訴了自己的遭遇。

3 這時店家正準備用黃粱米做飯，盧生一路上奔波，累得眼皮都要合上了，呂翁遞上枕頭說：「你枕着它，就能實現志向。」

4 盧生一躺下便進入夢鄉。在夢中，他娶了個容貌秀麗的女子。那女子勤勞賢慧，家境殷實，還為他生下五個孩子。

5 盧生不僅家庭幸福，還通過科舉踏上了仕途，一路從寂寂無名的小官，做到位高權重的宰相，成為皇帝身邊的紅人。

6 不料，他的飛黃騰達遭到了同朝官員的嫉恨，他們誣陷他勾結外敵，意圖謀反。皇帝大怒，下詔將他逮捕入獄。

7 妻子來獄中探望他，他流着淚與妻子追憶起自己做官前的潦倒生活，感歎那樣簡單的日子一去不復返。

8 説着説着，盧生感到心灰意冷，幸好妻子在一旁不斷安慰。

9 由於宦官在皇帝面前為盧生求情，盧生才被免了死罪，改為流放到偏遠地區。

10 過了幾年，盧生終於沉冤得雪，恢復了宰相之職，而且皇帝給他的賞賜和榮譽遠勝於從前。

11 他的幾個兒子成人後，也都考取了功名，在朝中擔任要職，所結交的都是些朝中權貴。

12 一時間，盧氏人丁興旺、聲名顯赫。盧生還修建了許多豪華的宅屋，家裏珠寶美玉數不勝數。

13 接下來的幾十年裏，盧生活得順風順水，一直到八十多歲，才安然死去。

14 盧生從夢中醒來，睜眼一看，發現自己仍在客棧中，剛剛的榮華富貴不過是一場美夢，這時店家的黃粱飯都還沒煮熟呢！

15 盧生十分惆悵，呂翁卻勸說道：「人生所經歷的輝煌，也不過如此啊！」盧生恍然大悟，一再拜謝呂翁後，離開了客棧。

雞鳴狗盜

釋義：學雞叫以騙人，裝成狗的樣子盜竊。指微不足道的本領，也指偷偷摸摸的行為，或有這種行為的人。

1 戰國時期，齊王派相國孟嘗君出使秦國。孟嘗君帶了很多門客隨行。

2 到了秦國，孟嘗君把一件名貴的白狐狸皮大衣送給秦王作為見面禮。秦王非常高興，讓手下將大衣好好收藏起來。

3 秦王打算拜孟嘗君為丞相，大臣樗（粵音輸）里疾卻勸阻道：「孟嘗君是齊國來的，心肯定還向着齊國。」

④ 秦王一聽覺得有些道理，便派人先將孟嘗君軟禁起來，還做了要殺他的準備。

⑤ 孟嘗君情急之下，向秦王最寵愛的妃子燕姬求救，請她跟秦王說情，讓秦王放了他。

⑥ 燕姬雖然答應了，但是提出一個條件，就是要白狐狸皮大衣作為報酬。

⑦ 白狐狸皮大衣只有一件，而且已經獻給了秦王，這可怎麼辦呢？孟嘗君苦苦思索，始終沒想出辦法。

8 這時，門客中有一個善於披狗皮偷東西的人說：「我可以把大衣偷出來。」

9 當夜，這人鑽入秦宮的倉庫，偷出了那件獻給秦王的白狐狸皮大衣。

10 燕姬得到大衣後，果然沒有食言，極力勸說秦王釋放孟嘗君。

11 秦王聽了燕姬的話，放棄了殺孟嘗君的念頭，還打算過兩天為他餞行，送他回齊國。

12 孟嘗君怕秦王反悔，立即與門客喬裝成商人的模樣，連夜出逃。

13 他們一路狂奔，天還沒亮就到達了函谷關，可是按秦國的法令，函谷關要在雞叫後才開門。

14 大家正在犯愁時，門客中有人學了幾聲雞叫，引得周圍的雞都跟着叫了起來。士兵們以為天快亮了，就打開了城門。

15 就這樣，孟嘗君靠着「雞鳴狗盜」的本事順利回到了齊國。齊王仍然讓他當相國，而他的門客也越來越多。

見利忘義

釋義：看到有利可圖就忘了道義，形容人貪財自私。

1. 漢高祖劉邦死後，呂后以太子年幼為由把持朝政，大肆分封呂氏族人為王，還掌握了能夠控制京城局勢的北軍。

2. 後來，呂后患病死了，呂氏族人更是蠢蠢欲動，劉漢的江山危在旦夕。

3. 丞相陳平、太尉周勃等老臣心中十分着急，時常悄悄聚在一起商議對策。

63

4 周勃只是名義上的最高軍事長官，並無實權。所以，他們認為當務之急是從呂后的姪子呂祿手中拿到兵符，控制軍隊。

5 可是呂祿從不離開軍隊，怎麼辦呢？這時，陳平想起上任丞相酈商的兒子酈寄與呂祿是好友，也許他能將呂祿調出軍中。

6 周勃馬上來到酈商的府上，把呂氏篡權的嚴重後果說給他聽，並讓他配合完成這次計劃。

7 酈商聽了周勃的話，不由得驚出一身冷汗，他意識到目前的局面確實十分危險，就答應下來。

8 酈商馬上叫來兒子,對他說:「你與呂祿關係親近,現在只能靠你把他約出來,保我劉漢江山。」

9 於是,酈寄奉父親之命,去北軍約呂祿出城打獵。呂祿不知是計,更想不到會被好友出賣,欣然同意了。

10 他們騎着馬,帶着幾十名隨從出了城。與此同時,周勃的伏兵也在路邊埋伏好了。

11 當他們一行人進了埋伏圈後,伏兵們一躍而起,一舉將呂祿擒獲。

12 呂祿被迫交出了兵符。周勃拿到兵符後，立刻來到北軍軍營，順利地接管了軍隊。

13 接着，周勃又帶領軍隊把未央宮保護起來，防止呂氏族人作亂。

14 隨後，呂氏家族的老老小小全部被抓了起來，呂氏的政治陰謀被徹底粉碎。

15 酈寄因立了大功而被封為曲周侯，但是當時有人說他為了自己的利益出賣朋友，是個見利忘義的小人。

釋義：指帶有侮辱性的或不懷好意的施捨。

1 春秋戰國時期，各諸侯國之間互相爭奪霸權。連年戰亂導致田地荒廢，民不聊生。

2 有一年，齊國發生了嚴重的饑荒，很多窮人被活活餓死了。

3 那些活着的人也都餓得奄奄一息，拖着虛弱的身子四處乞討。

④ 一個名叫黔敖（粵音鉗傲）的人家裏囤了很多糧食。看到四處都是災民，他突然起了善心，想要救濟他們。

⑤ 每天早上，他都在大路旁擺上稀粥。當有災民路過時，他就揮着勺子，大聲吆喝：「嗟，來食！」意思是：「喂，來吃吧。」

⑥ 那些災民饑餓難忍，顧不得自己的尊嚴，紛紛低聲下氣地去領取稀粥。

⑦ 黔敖見災民們狼吞虎嚥的樣子，覺得自己很偉大，於是更傲慢地叫着：「嗟，來食！」看上去他就像在餵牲口一樣。

8 這天，黔敖又坐在路旁的車子上分粥。遠遠地，他看見一個災民走了過來。那個災民用一隻破袖子遮着臉，腳上趿拉着一雙破鞋子，因為飢腸轆轆，連走路都是搖搖晃晃的。

9 黔敖端起一碗稀粥，對着他吆喝：「嗟，來食！」那個災民虛弱地說：「我就是不吃嗟來之食，才餓成這樣的。」

10 說完，那個災民看都不看食物一眼就繼續向前走了。最終，那個不吃嗟來之食的災民被活活餓死了。

結草銜環

釋義：把草結在一起，絆倒敵人，搭救恩人；嘴裏銜着玉環報答恩人。現多指報恩。

1 傳説，春秋時期晉國大夫魏武子有一個小妾。這個小妾既聰明又貌美，深受寵愛。

2 有一年，魏武子患了重病。他把兒子魏顆叫到牀前，説：「我最不放心的就是小妾。我死後，你幫她找個人改嫁吧。」

3 沒想到，過了幾天魏武子的病竟然好了，他仍然和小妾相親相愛。

4 第二年，魏武子又病倒了，昏睡在牀上，奄奄一息。一天早上，他突然睜開眼睛，對魏顆說要小妾為他殉葬。

5 過了不久，魏武子就去世了。親屬們按照他的遺言為他辦理喪事，還準備讓他的小妾殉葬。

6 魏顆不同意，說父親臨終前神志不清，才說出了要小妾殉葬的胡話。最終，小妾因為魏顆的求情而留下了一條性命。

7 後來，秦國發兵攻打晉國，魏顆奉命率軍迎戰。秦軍主將杜回十分勇猛，他衝入晉軍中大砍大殺，晉軍死傷無數。

8 杜回很快就發現了在戰車上指揮作戰的魏顆，大吼一聲舉刀朝他撲了過去。在這危急時刻，突然出現了一個老人，他手中拿著一根草繩，草繩的一端綁在一塊大石頭上。杜回剛衝到魏顆的戰車前，老人就將草繩一拉，將杜回絆倒了。

9 魏顆立即跳下車，和士兵們一起將杜回活捉了。而當魏顆回過頭來想要感謝那位老人時，老人早已不知去向。

10 晚上魏顆做了個夢，夢見那個手拿草繩的老人對他說：「我是那小妾的父親，你曾救了她的性命，我特地來報答你。」

11 還有一個發生在東漢時期的傳說。相傳一個名叫楊寶的九歲男孩在山下看見一隻受傷的小黃雀，就把牠帶回家養傷。

12 經過楊寶的精心照料，小黃雀的傷很快就好了，羽毛也長得更豐滿了。於是，楊寶就把牠放回了山林。

13 晚上，楊寶夢見一個黃衣童子送來四個白玉環，說是用此物來感謝他的救命之恩，並祝他世代幸福。

14 楊寶醒來後，家中果然多了四個白玉環。後來，楊寶的兒子、孫子、曾孫果然也都家庭和睦，幸福平安。

結草衝環

舉棋不定

釋義：拿着棋子不知下哪裏才好。比喻做事猶豫不決，拿不定主意。

1 春秋時期，衛國國君衛獻公貪圖享樂、暴虐無道，朝野上下無不對其恨之入骨。

2 大臣寧惠子、孫文子趁機發動軍事政變，將衛獻公趕下了台。衛獻公被迫出逃，流亡齊國。

3 衛獻公的弟弟公孫剽被擁立為新的國君，即衛殤公。不過，他只是個傀儡，衛國的政權實際掌握在寧惠子和孫文子手中。

4 十多年後，寧惠子開始後悔自己當初造反的舉動。臨終前，他讓兒子寧悼子迎衛獻公回國，以彌補自己當年的過錯。

5 流亡在外的衛獻公聽說後，非常高興。他派人給寧悼子送信說，如果能回國復位，他一定實施仁政，並讓寧悼子掌權。

6 寧悼子接信後，很是心動，但也有些猶豫，他召集眾多大臣一起商議此事。

7 大夫右宰穀說：「我之前曾去看望過衛獻公，他殘暴不仁的本性一點也沒變。讓他重當國君，整個國家都將會遭殃。」

舉棋不定

75

8 大夫叔儀也勸阻道：「棋手舉棋不定，便注定慘敗。對待國君的廢立問題也是如此，搖擺不定，只會給寧氏帶來災禍。」

9 寧悼子沒把他們的話放在心上，他很快就派兵滅掉孫氏，並殺死衛殤公，自己獨攬大權，然後將衛獻公迎回衛國。

10 衛獻公回到衛國後，表面上對寧悼子畢恭畢敬的，暗地裏卻一直在醞釀自己的復仇大計。

11 沒過多久，他就利用大夫公孫免餘除掉了寧悼子，並徹底消滅了寧氏的勢力。

口蜜腹劍

釋義：嘴上像抹了蜜糖，肚子裏卻藏着劍。形容人十分陰險。

1 唐玄宗時期，奸臣李林甫沒有什麼本事，卻靠着溜鬚拍馬和曲意逢迎當上了宰相。

2 他知道要想保住這個位子，就要討得皇上的歡心，所以李林甫想方設法結交皇上身邊的太監、嬪妃，以了解他的喜好。

3 這樣一來，唐玄宗便認為李林甫辦事總是很合自己的心意，對他更加信任。李林甫借機把持了朝中的許多大權。

4 李林甫表面上總是一副和藹可親的樣子，嘴裏說的盡是些好聽的話，但實際上陰險狡猾，常在背地裏施計陷害別人。

5 當時，朝廷國庫日益空虛，唐玄宗感覺到自己的政權岌岌可危，於是下詔讓李適之、李林甫兩位宰相想辦法。

6 李適之日夜思索開源節流之計，無奈一直沒想到好的辦法。而李林甫這時想的卻是如何借機鬥倒李適之，好獨攬大權。

7 一天下朝後，兩位宰相碰巧遇見。李林甫裝作無意地說：「華山有金礦，開採出來就能充盈國庫，只是皇上還不知道。」

8 李適之信以為真，回家後連忙寫了一份奏章，陳述開採華山金礦以應國庫之需的主張。寫完後，他心裏還挺感激李林甫。

9 唐玄宗收到李適之的奏章後，十分開心，連忙召寵臣李林甫來商議定奪。

10 沒想到，李林甫說：「華山是皇家龍脈所在，一旦開礦破了風水，國運難測啊。」他又添油加醋地說了一通李適之的壞話。

11 唐玄宗聽了，對李適之很不滿，認為李林甫才是忠君愛國的好臣子。李林甫就是靠這樣的手段，做了十九年的大官。

狼狽為奸

釋義：狼和狽合夥作惡。比喻幾個人或一個羣體互相勾結在一起做壞事。

1 從前，有狼和狽兩種野獸，牠們長得十分相似，習性也很相近。只是狼的前腿長、後腿短，而狽則正好相反。

2 狼和狽住在樹林裏，經常晚上去村子裏偷吃人類飼養的家畜，人們都很憎惡牠們。

3 有一次，狼又去村子裏偷吃家畜。牠發現有一戶人家的羊長得很肥，便打起了羊的主意。

4 不過，羊圈修得很高，又很堅固，狼既跳不過去，也撞不開。牠饞得直流口水，只好圍著羊圈轉來轉去。

5 突然，狼發現狽也在打這些羊的主意。只見牠趴在圍欄上，想翻進去，可是努力了很久也沒成功。

6 狼對狽說：「你還是省點力氣吧，我試過了，依靠我們自己根本翻不進去。」於是，牠們湊在一起想辦法。

7 狼和狽你看著我，我看著你，互相盯著對方的腿看了許久。突然，牠們同時說道：「有辦法了！」

8 於是，狽蹲下來，讓狼騎在了牠的肩膀上。狽再用前腿抓住羊圈的圍欄，慢慢地站直身子。

9 站在狽肩膀上的狼也慢慢地站直身子，然後將長長的前腿伸進了羊圈中。

10 狼猛地一抓，就把離牠最近的一隻羊抓住了。牠和狽一起拖着這隻羊回到樹林裏，美美地飽餐了一頓。

11 此後，狼和狽互相利用對方的長處做壞事，屢次成功偷走村民的家畜。成語「狼狽為奸」就是從牠們的故事而來的。

老馬識途

釋義：老馬認識曾經走過的道路。比喻閱歷多的人富有經驗，熟悉情況，能起引導作用。

1 春秋時期，北方的山戎大舉進攻燕國，燕國國君向齊國求救。

2 齊桓公親自率領大軍前去救援，宰相管仲也一同前往。

3 聽說強大的齊軍來了，山戎的軍隊帶着掠奪來的物資向東逃跑，躲進了孤竹國的深山老林裏。

4 齊桓公順着敵軍的蹤跡一路追擊，進入偏遠的孤竹國，最終將他們擊敗。

5 齊桓公帶着軍隊高高興興地回國去，但是他們走了沒幾天，就在深山裏迷路了。

6 因為他們來時是花紅草綠的春天，現在卻是冬天了，而且又下着大雪，把山路全覆蓋了，齊軍根本分不清方向。

7 齊軍一連被困了好幾天，糧草所剩無幾，如果再找不到出路，大軍就會被困死在山裏。

8 這時，管仲想到了一個辦法，便對齊桓公說：「找幾匹老馬來，老馬認路，也許牠們能帶我們回去。」

9 齊桓公立刻讓士兵牽了幾匹老馬來，管仲解開這幾匹馬的韁繩，讓牠們隨意地在前面走，軍隊就跟在牠們後面行進。

10 果然，老馬在風雪中慢慢地認出了回去的路，最後把齊國軍隊安全地帶出了大山。

11 事後，齊桓公高興地說：「多虧了這些老馬，是牠們救了我的軍隊啊。」

老生常談

釋義：老書生經常說的話，比喻人們聽慣了的、沒有新鮮見解的話。

1 三國時期，曹魏有個名叫管輅（粵音路）的人。他從小勤奮好學，尤其喜愛天文，時常研究天上的星星，在地上畫天文圖。

2 十五歲時，管輅已經精通風水、占卜，在當地小有名氣，人們都説他是奇才。

3 一天，吏部尚書何晏在家裏宴請侍中、尚書鄧颺（粵音陽）。吃飽喝足後閒着無聊，何晏便派人去叫管輅來給他們占卜。

4 何晏和鄧颺是權臣曹爽的心腹，他們總是倚仗權勢，胡作非為。管輅早就想找機會教訓他們一頓。於是，他欣然前往。

5 管輅來到何晏的府上，何晏一見到他就大聲嚷道：「我這幾天晚上總是夢見蒼蠅叮在鼻子上，這是什麼預兆？」

6 管輅想了想，說：「您的職位很高，可是感激您的人很少，懼怕您的人很多，這個夢恐怕不是什麼好預兆啊。」

7 何晏忙問：「可有什麼辦法化解？」管輅說：「想要逢凶化吉，消災避難，只有多仿效周公等聖賢，發善心、行善事。」

8 鄧颺在一旁聽了，不以為然，搖搖頭說：「這都是些老書生常說的話，有什麼意思？」何晏則臉色鐵青，一語不發。

9 管輅聽了，哈哈一笑，說：「雖然是老書生常說的話，卻也不能輕視啊。」說完，他就頭也不回地離開了何晏的府上。

10 沒過多久，何晏、鄧颺和曹爽就因一起謀反而遭到誅殺。

11 消息傳到管輅的耳裏，他連聲說：「老生常談的話，他們卻置之不理，難怪會落得如此下場啊！」

樂極生悲

釋義：高興到極點時，發生使人悲傷的事。

1 戰國時期，齊國國君齊威王喜歡飲酒作樂，整日沉溺於歌舞之中，不理朝政。

2 文武百官不勸諫，反而跟着他荒淫放縱。這樣一來，齊國日漸混亂，其他諸侯國都想乘虛而入，消滅齊國。

3 公元前349年，楚國派大軍侵犯齊國，齊國危在旦夕。

④ 齊威王十分驚慌，連忙召來善於辭令的淳于髡（粵音昆），要他帶百斤黃金、十輛四駕馬車去向趙國求援。

⑤ 淳于髡聽了，哈哈大笑起來，將繫帽子的帶子都笑斷了。齊威王不解，問他為什麼笑，難道是嫌禮物太少了？

⑥ 淳于髡說：「我看到有人拿着一個豬蹄和一杯酒，祈禱莊稼豐收、米糧滿倉，我笑他拿這麼少祭品，卻祈求這麼多東西。」

⑦ 齊威王明白了，於是把禮物增加到千斤黃金、十對白璧、百輛四駕馬車。

8 淳于髡立刻讓人將這些禮物裝上車，然後馬不停蹄地趕往趙國。

9 淳于髡見到趙王，先獻上禮物，再曉之以理。趙王被說服了，於是撥給他十萬精兵和一千輛包有皮革的戰車。

10 聽說趙國願意馳援齊國，楚王擔心自己不是齊趙聯軍的對手，就連夜退兵了。

11 淳于髡保國有功，齊威王在宮中擺設宴席，請他喝酒。在酒宴上，齊威王問：「先生喝多少酒才會醉啊？」

12 淳于髡想借機勸齊威王不要再通宵飲酒，於是說：「我喝一斗*也醉，喝一石*也醉。」齊威王聽了覺得很奇怪。

13 淳于髡解釋說：「如果您賞我酒喝，我心裏害怕，喝一斗就醉了。要是跟朋友無拘無束地喝，我喝一石也不會醉。」

14 淳于髡看了看齊威王，又說：「所以古人說酒喝到了極點，就不能遵守禮節；人快樂到了極點，就會發生悲哀的事情。」

15 齊威王這才明白淳于髡是在諷諫自己，他歎了口氣說：「你說得好啊！」從此以後，他不再通宵飲酒，開始變法圖強。

*斗石：中國古代容積單位，一石等於十斗，一斗約等如現時之六公斤。

洛陽紙貴

釋義：洛陽的紙一時求多於供，貨缺而貴。形容好書或好文章廣受人們歡迎，風行一時。

1 左思是西晉著名的文學家。據說他小時候身材矮小、相貌醜陋，說起話來還結結巴巴的，因此時常遭人嘲笑。

2 左思不是個聰明的孩子，做事又沒有什麼耐心，無論是練字還是學琴，都半途而廢。

3 他的父親很不喜歡他，曾經當着他的面前對朋友說：「這個孩子一點也比不上我，我真後悔生了他。」

4 左思聽了，心裏很難過，自此發憤苦讀，希望日後可以成為名滿天下的大學問家。

5 經過一番努力，左思學到了不少知識，在寫作方面也逐漸展現出才華。

6 左思成年後，因妹妹左芬被徵召入宮，全家遷居到了京城洛陽。住了幾年後，他的視野開闊了，寫作也有了很大進步。

7 一次，左思讀了張衡的《二京賦》。這篇辭賦洋洋灑灑地描寫了漢代西京長安與東京洛陽的繁榮景象，左思讀完深受感動。

8 他立志要寫一篇反映魏、蜀、吳三國都城繁華富饒的《三都賦》。於是，他斷絕社交，晝夜翻閱材料，專心創作。

9 他家中的院子、籬牆、廁所旁都掛着紙筆，方便他靈感乍現時，揮筆創作。

10 大家聽說左思要創作《三都賦》都嘲笑他。文學家陸機甚至說：「左思的《三都賦》只配給我當廢紙拿去蓋酒罈。」

11 歷經十年，左思才終於完成。《三都賦》由《蜀都賦》、《吳都賦》、《魏都賦》三部分組成，內容豐富，辭藻華麗。

12 左思對自己的辭賦相當滿意，拿着它給出身名門的皇甫謐（粵音物）看。皇甫謐看了大為讚賞，還為他寫了序文。

13 大家聽說這件事後，都爭相傳閱左思的《三都賦》。看過的人，無不拍手叫好，連陸機看了也自歎不如。

14 沒過多久，左思的《三都賦》便享譽京城。文人墨客都對它愛不釋手，忍不住將它抄寫下來，時時背誦。

15 因洛陽城裏買紙傳抄《三都賦》的人太多，紙張供不應求，價格翻了好幾倍，後來就有了「洛陽紙貴」這個成語。

釋義：門前和院子像集市一樣熱鬧。形容來客很多，十分熱鬧。

1 戰國時期，齊國有個叫鄒（粵音周）忌的謀士。他身高八尺有餘，外表清秀俊朗。

2 一天，他對鏡更衣時問妻子：「我和城北的徐公誰更英俊？」妻子毫不猶豫地說：「當然是您，沒人能比得上您。」

3 城北的徐公是齊國人公認的美男子。鄒忌對妻子的話半信半疑，又去問他的小妾：「我與徐公相比，誰更英俊？」

4 小妾怕説實話會讓鄒忌不高興，便小心翼翼地答道：「徐公哪能和您相比？您比他英俊多了。」

5 第二天，有個客人前來拜訪。鄒忌在閒談中問了他同樣的問題。客人畢恭畢敬地回答：「當然是您更英俊啊！」

6 過了幾日，徐公恰好來訪。鄒忌見到他後，便仔仔細細地端詳他的外貌，自認為自己的容貌比不上對方。

7 徐公走後，鄒忌拿着鏡子照了又照，越看越覺得難為情，要與徐公比美，自己還差得遠呢！

8 晚上，他躺在牀上翻來覆去地思考一個問題：「我的樣貌根本就比不上徐公，我身邊的人為什麼都不如實相告呢？」

9 他想通了：「妻子認為我更英俊是因為愛我，小妾認為我更英俊是因為怕我，客人認為我更英俊是因為有求於我！」

10 他由此事聯想到被讚美之詞蒙蔽的國君。第二天一早，他就去朝見齊威王，用此事勸諫齊威王要多聽取別人的意見。

11 齊威王聽了也深受觸動，立即貼出告示，鼓勵全國的官員和百姓前來指出他的過失，並承諾給予豐厚的獎賞。

12 告示一貼出，群臣和百姓便紛紛行動起來。前來向齊威王提意見的人擠滿了宮門口和庭院，那場面就像集市一樣熱鬧。

13 過了好幾個月，前來提意見的人才漸漸少了。一年以後，有人即使想提意見，也沒什麼可說的了。

14 齊威王虛心聽取群臣和百姓的意見，採取了一系列的改革措施，勵精圖治，齊國很快便稱雄於眾多諸侯國。

15 燕、趙、韓、魏等國紛紛派遣使者前來朝拜齊威王，與齊國結為同盟。

名不副實

釋義：名稱或名聲與實際情況不一致，指空有虛名。

1 從前，有一條熱鬧的街道，街道兩邊都是村民們的房子。房子的大門都朝着街道，人們出入十分方便。

2 在這條街道上，有一戶家境富裕的人家。這戶人家有兩個兒子，大兒子名叫盜，小兒子名叫毆。

3 盜和毆從小就聰明懂事、知書達禮，不僅很得父母喜歡，鄰居們見了也沒有不誇獎他們的。

④ 一天，大兒子盜穿着一件單衣，扛着一把鋤頭，準備去地裏鋤草。他在門口遇見母親，跟她打了聲招呼就出門了。

⑤ 母親當時正在洗衣，她抬頭見兒子穿得有點少，想提醒他多穿一件衣服，連忙起身追出門去，大聲喊：「盜！盜！」

⑥ 大街上的兩個差役聽見有人喊「盜」，以為盜是盜賊，就跑過去把盜抓了起來。

⑦ 母親見那兩個官吏誤會了，便想叫屋裏的二兒子毆去解釋清楚，於是又大聲喊：「毆！毆！」

8 差役聽到老人喊「毆」，以為老人對盜賊極度不滿，於是低頭仔細看了看盜，覺得他賊眉鼠眼的，便用力地毆打他。

9 母親見大兒子盜捱打了，心裏越發着急，於是喊得更大聲了：「毆！毆！」

10 二兒子毆這才聽見母親的呼喊，急急忙忙地從屋子裏跑了出來。

11 等他們對差役說明真相，盜早已被打得不省人事了。差役嘟囔：「你這人名與實際不相符，也太容易被誤會了！」

墨守成規

釋義：戰國時墨子善於守城，後來用「墨守成規」形容思想保守，守着老規矩不肯改變。

1 戰國時期，楚王準備攻打宋國，於是叫天下手藝最精巧的木匠公輸般（魯班）為他製造攻城用的雲梯。

2 一向反對戰爭的墨子聽說後，連續走了十天十夜，趕到楚國去求見楚王，想要說服楚王不要進攻宋國。

3 可是，楚王聽了他的話後，不以為然地說：「公輸般已經為我造好了攻城用的雲梯，我一定能夠攻佔宋國。」

4 墨子仍不死心，說：「請您把公輸般請來，我和他分別代表攻守兩方進行演習，看誰最後取得勝利。」

5 於是，楚王把公輸般召進宮，讓他代表楚國攻城，墨子則代表宋國守城。

6 墨子當即解下衣帶，圍作城牆，用木片做武器來防守。公輸般用了九種不同的方法來攻城，墨子都成功防守住了。

7 最後，公輸般攻城的方法都用完了，墨子守城的方法卻還沒有用完，本來信心滿滿的公輸般不得不認輸。

8 公輸般說：「我有辦法對付你，只是我不說出來。」墨子回答：「我知道你想用什麼辦法對付我，但是我也不說。」

9 楚王聽不懂他們的對話，就問墨子：「你知道公輸般話裏的意思嗎？」

10 墨子正氣凜然地說：「我當然知道。不過，我早已派三百門徒把我的守城器械運到宋國去了。你們把我殺了也沒用。」

11 楚王無奈，只好放棄攻打宋國。墨子善於守城，被稱為「墨守」。後來演化為「墨守城規」，但不再指守城而是指守舊。

起死回生

釋義：把快要死的人救活。形容醫術高明，也比喻把已經沒有希望的事物挽救過來。

1 戰國時期，有個叫扁鵲的名醫。相傳，扁鵲的醫術十分高明，救活過許多瀕臨死亡的病人。

2 有一次，扁鵲在虢（粵音隙）國行醫。一天上午，他從王宮外面經過時，聽說太子早上得急病死了，便請求進去一看。

3 虢國的國君聽說名醫扁鵲入宮了，連忙命人把扁鵲領到太子的牀前。他和大臣們也急急忙忙地去看。

4 扁鵲坐在牀邊給太子切脈，發現脈搏還有輕微的跳動。他又站起來摸了摸太子的兩腿，發現他的大腿內側還有餘溫。

5 扁鵲對國君說：「太子不是真死，而是得了嚴重的昏厥病，還有希望救活。」國君聽了十分欣喜，連忙請他施救。

6 於是，扁鵲拿出銀針，在太子的身體上連扎了幾針。沒過多久，太子就有了呼吸。

7 扁鵲又用裝滿熱水的袋子敷在太子的腋下，並餵太子喝下一小碗熱湯。

8 在大家的焦急等待中，太子慢慢地清醒過來。國君和大臣們在一旁看了，又驚又喜。

9 隨後，扁鵲為太子開了藥方，囑咐侍從按方子給太子煎藥服用即可。

10 接下來的幾天，太子的病越來越輕，很快就能夠下牀走路了。又吃了二十天的藥後，太子完全康復了。

11 人們紛紛稱讚扁鵲醫術高明，能起死回生。扁鵲謙虛地說：「並非我能使太子死而復生，而是他根本就沒有死啊！」

氣壯山河

釋義：形容氣概如同高山般雄壯豪邁。

1 北宋末年，金軍攻破太原後，繼續揮師南下。宋欽宗嚇得手足無措，忙召集群臣商議對策。

2 不少貪生怕死的大臣紛紛主張割地求和。這時大臣趙鼎站出來說：「祖先留下來的土地，不可輕易拱手相讓！」

3 被金軍嚇破了膽的宋欽宗沒有聽取趙鼎的意見，而是選擇了屈膝投降，將黃河以北的土地全部割讓給了金國。

4 可金軍並不滿足。不久,金軍的先頭部隊又包圍了宋朝的都城汴京。沒等城門攻破,宋欽宗就親自到金軍營中投降了。

5 就這樣,北宋滅亡了。宋欽宗和父親宋徽宗一起被押到了金國。

6 宋欽宗的弟弟趙構逃到江南,建立了南宋,史稱宋高宗。他一心求和,偏安一隅,但迫於形勢只得起用趙鼎等主戰派。

7 在這一段時間裏,趙鼎發揮了他出色的才幹,宋高宗對他刮目相看,接連提升他的官職。

8 宰相秦檜是主和派的首要人物。為了打壓主戰派，他常在宋高宗面前詆毀趙鼎。宋高宗便漸漸對趙鼎失去了信任。

9 後來，宋高宗將趙鼎一貶再貶，從泉州、興化、漳州、潮州，一直到貶到邊遠的海南朱崖。

10 趙鼎在朱崖的生活非常窘迫，全靠別人救濟生活。秦檜到這時還將他視作眼中釘，讓人時刻監視趙鼎，並彙報情況。

11 公元1147年，趙鼎病逝。臨終前，他為自己寫了墓誌銘「身騎箕尾歸天上，氣作山河壯本朝」，以表明自己的心志。

巧取豪奪

釋義：用欺詐的手段騙取，用暴力的方式強奪。指不擇手段地謀取財物。

1 米友仁是宋朝書法家米芾（粵音忽）的兒子。他自小受父親的影響，擅長寫字、作畫，尤其擅長臨摹古人的作品。

2 只要聽說誰家收藏有古人的書畫作品，他就會想方設法登門借閱，拿回家去臨摹。

3 米友仁碰上喜歡的作品，就用自己的臨摹畫偷偷將其調包。由於他的臨摹畫與真跡真假難辨，畫主往往都被蒙在鼓裏。

4 有一次，他到一個朋友家做客，看到一幅《松牛圖》，喜歡得不得了，就借回去臨摹。

5 回家後，米友仁鋪開筆墨，小心翼翼地臨摹起來，一連畫了幾天，終於完工了。

6 等臨摹畫乾透後，他把真跡留下，拿着自己的摹本去還給朋友。朋友當時收下，並未察覺有異。

7 過了幾天，朋友把《松牛圖》取出來，想要細細品鑑一番，卻驚訝地發現畫作有假。

8 朋友連忙拿着假的《松牛圖》跑到米友仁家裏，向他討要真跡。米友仁想要賴，不承認調包。

9 朋友生氣地說：「我的《松牛圖》，牛眼睛裏有牧童的影子。你自己看看，你的摹本裏有嗎？」

10 米友仁自知露了馬腳，只好把真跡還給朋友。自此所有人都鄙棄他這種用摹本騙取真跡的行為，稱之為「巧取豪奪」。

秋風過耳

釋義：像秋風從耳邊吹過一樣。比喻事情與自己無關，毫不關心。

1 春秋時期，吳王壽夢有四個兒子：長子諸樊、二子餘祭、三子餘昧、四子季札。其中四子季札最有才幹也最為賢良。

2 壽夢很看重季札，臨終前特意把他叫到牀前，說要把王位傳給他，可季札怎麼也不肯接受。

3 壽夢沒辦法，只好找來諸樊，說：「我本想讓季札繼位，他卻不願意。你繼位後，別忘了我的遺願啊！」諸樊答應了。

④ 壽夢離世後，諸樊找來餘祭、餘昧，向他們說明了父親的意思。三兄弟約定：今後王位兄終弟及，最後一定要讓季札繼位。

⑤ 後來，三兄弟果真按照約定來傳位。諸樊死後，餘祭繼位；餘祭死後，餘昧繼位。無論三個兄長誰當王，季札都盡心輔佐。

⑥ 餘昧將死時，也想履行約定，將王位傳給弟弟季札。季札卻還是不肯接受，並說：「富貴之於我，如秋風之過耳。」

⑦ 為了表明自己不想當王的決心，季札偷偷回到了封地，不讓別人找到他。

8 直到餘昧的兒子僚登上王位，季札才重回朝中，輔助他治理朝政。

9 十三年後，諸樊的兒子闔閭生出了篡位之心。為了奪得王位，他讓刺客扮作廚師，在宴席間刺死了僚。

10 刺殺成功後，闔閭假惺惺地請季札當王。季札生氣地拒絕了，還當面斥責他卑劣的弒兄行徑。

11 沒過多久，季札就離開國都，隱居去了。至今，季札的高風亮節，以及他對榮華富貴毫不在意的態度一直為人們傳頌。

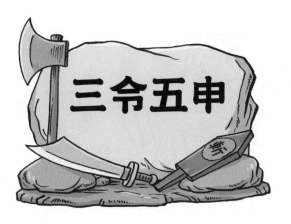

釋義：指再三命令，多次告誡。

1 春秋時期，軍事家孫武著有《孫子兵法》一書。吳王闔閭讀了此書後，對孫武很仰慕，很想見一見他。

2 吳王闔閭將孫武召進宮中，問：「你的兵法非常精妙，你能不能用它為我訓練一支女子軍隊呢？」孫武一口答應了。

3 吳王闔閭為了考驗孫武，特意從後宮選了一百八十名宮女，其中兩名還是他最寵愛的妃子。

4 孫武讓這些女子手執長戟站成兩隊，並讓吳王最寵愛的兩名妃子分別擔任隊長。然後，孫武開始給她們講解各種號令。

5 講解完後，孫武命人擺上刀斧等刑具宣布：「士兵必須聽從號令，違令者斬！」大家卻沒有把他的話放在心上。

6 一切準備就緒，孫武令人擊鼓傳令：「向右看！」宮女們卻把他的號令當作遊戲，不但沒有聽從號令，反而哈哈大笑起來。

7 在一旁看熱鬧的吳王闔閭和眾多王公貴族見此情景，也大笑不已。

8 孫武面不改色地說：「可能是我剛才沒有解釋清楚號令。我說向哪裏看的時候，你們就必須看向那一邊，違令者斬！」

9 說完，孫武再次擊鼓傳令：「向左看！」宮女們卻還是笑個不停，為首的兩個隊長更是笑得前仰後合。

10 孫武大怒，命令手下將這兩個隊長推出隊伍，用準備好的刑具斬首。

11 吳王闔閭頓時嚇得臉色慘白，他上前勸阻道：「請手下留情，她們可是我最寵愛的妃子啊！」

12 孫武卻說：「我已三令五申，她們還不遵守號令，那就必須按軍法處置。」說完就讓手下將那兩個妃子就地斬首了。

13 自此以後，無論孫武發出什麼號令，宮女們都不敢不認真對待，而且動作非常整齊劃一。

14 吳王闔閭雖然非常心痛，但看到這一幕，也不得不佩服孫武的軍事才能。

15 後來，孫武被吳王闔閭任命為大將，率軍打了不少勝仗，為吳國的崛起作出了巨大的貢獻。

釋義：為了得到雞蛋而把雞殺了。比喻只顧眼前小小的好處而損害長遠的利益。

1 古時候，在一個村子裏住着一個老婆婆，她沒有親人，只有一隻母雞為伴。

2 這隻母雞看起來與普通的母雞沒什麼區別，吃的食物也是普通的雞食，可是牠有一個稀奇的本領——每天都下一個金蛋。

3 有了這隻神奇的母雞，老婆婆便不用幹活了。她把金蛋拿到市集上去賣，然後換些生活必需品。

123

4 就這樣，老婆婆的生活越來越好：住上了寬敞的房屋、穿上了華麗的衣裳、吃上了美味的食物。

5 不過，老婆婆漸漸地不滿足現狀——她希望母雞能下更多的金蛋，她想要變得更富有。

6 母雞卻不理會老婆婆的意願，照樣每天只下一個金蛋。

7 過了幾天，老婆婆把母雞關了起來，餵給牠更多食物，一步不離地守着牠說：「母雞啊，一刻不停地下金蛋吧。」

8 母雞好像聽不懂她的話似的,還是每天只下一個金蛋。

9 老婆婆等不及了,想要把母雞肚子裏的金蛋全都取出來。

10 老婆婆殺了母雞,然後滿懷期待地打開母雞的肚子,卻沒想到裏面竟然一個金蛋都沒有。

11 老婆婆十分後悔,可是母雞已經死了,她再也得不到金蛋了。

上下其手

釋義：手向上指或向下指。比喻玩弄手段，串通作弊。

1 公元前547年，楚國進攻鄭國，軍隊一直打到鄭國的城麇（粵音羣）。鄭軍抵擋不住楚軍強大的攻勢，很快敗下陣來。

2 在一片混亂中，鄭國大夫皇頡也被楚國縣尹穿封戌（粵音恕）活捉回營。

3 楚康王的弟弟公子圍當時隨軍同行。他聽說穿封戌俘虜了皇頡，想霸佔這份軍功，便奪去皇頡並宣稱是自己捉的。

④ 穿封戌氣沖沖地去找公子圍理論。公子圍臉皮厚得很，堅持說俘獲皇頡是自己的功勞。兩人為此事吵得面紅耳赤。

⑤ 穿封戌氣不過，拉著公子圍去找太宰伯州犁評理。伯州犁有心偏袒公子圍，卻裝作公正地說：「不如問問那個俘虜吧！」

⑥ 不一會兒，皇頡就被一個士兵五花大綁地押了上來。

⑦ 伯州犁清了清嗓子，厲聲說道：「我現在要問你一個問題，你最好如實回答。」皇頡連連恭敬地點頭。

8 伯州犁見狀，便高高舉起手指着公子圍，對皇頡説：「這位是公子圍，是楚王尊貴的弟弟。」

9 接着，他又將手放低，指着穿封戌説：「這位是穿封戌，是城外的一個縣官。現在你説説，是誰抓住了你啊？」

10 説完，伯州犁還偷偷地向皇頡使眼色。皇頡是個聰明人，一下子就明白了伯州犁的意思，忙説：「是英勇神武的公子圍。」

11 穿封戌一聽這話又急又氣，指着皇頡破口大罵，可是他説什麼也沒用了，最後軍功還是被厚顏無恥的公子圍搶去了。

尸位素餐

釋義：身處其位卻不做事，白吃飯。尸（粵音絲），尸位意指空佔着職位。

1 西漢元帝時，有個名叫朱雲的人。他勇猛過人，灑脫不羈，年輕時喜愛結交天下豪傑，常常為別人的事抱打不平。

2 朱雲四十多歲時，性格才變得沉穩些，還專門拜了幾個師傅讀書學習，成了一個學問淵博之人。

3 漸漸地，他在京城有了名氣。後來，他被任命為杜陵縣令。

4 當時，丞相韋玄成權傾一時，為官不正，文武百官都不敢惹他。朱雲卻天不怕地不怕，直接上書彈劾他。

5 韋玄成聽說此事後，對朱雲懷恨在心。後來，朱雲與人命案件有牽連，韋玄成趁機在漢元帝面前詆毀他，讓他被判死罪。

6 所幸朱雲最終得到了赦免，但他還是因為此事丟了官職。

7 漢元帝去世後，漢成帝即位。曾給漢成帝講授《論語》的張禹得到重用，擔任丞相。

8 朱雲一向認為張禹這個人無能，聽說他居然成了百官之長，頓時氣不過來，立即上書求見漢成帝。

9 一進宮，朱雲便說：「如今的大臣都空佔着職位，白吃飯卻不做事。請陛下賜我尚方寶劍斬殺一個奸臣，以示懲戒。」

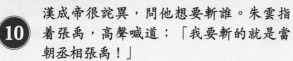

10 漢成帝很詫異，問他想要斬誰。朱雲指着張禹，高聲喊道：「我要斬的就是當朝丞相張禹！」

11 漢成帝又驚又怒，從座位上跳起來，拍着桌子罵道：「你這個無知百姓，居然要斬殺我的老師！」

12 漢成帝一聲令下，一旁的衛士便一擁而上，將朱雲按倒在地。朱雲卻面不改色，嘴裏還在不停地罵着張禹。

13 漢成帝見狀，怒火越燒越旺，讓衛士立即把他拖下去斬了。

14 左將軍辛慶忌上前叩頭求情道：「朱雲一向狂妄。若他説得有理，就不該殺他；若他説得不對，還請對他寬容些。」

15 漢成帝見辛慶忌頭都磕出血了，心裏的怒氣才漸漸消下去，赦免了朱雲的死罪。

世外桃源

釋義：指虛構的、超脫現實的、安樂美好的地方。

1 東晉文學家陶淵明曾寫過一篇名為《桃花源記》的文章。這篇文章敘述了這樣一件奇事——

2 從前，武陵郡有個漁夫。一天，他划着小船順溪流而下捕魚，也不知走了多遠，他來到一個從未到過的地方。

3 忽然，溪流兩岸出現了一片桃林，芳草鮮美，落英繽紛。漁夫被眼前的美景吸引，繼續往桃林深處划去。

④ 桃林的盡頭有一座山，山上有個小洞，隱隱約約地好像透出一點光亮。

⑤ 於是，漁夫把小船停好，登上岸，從洞口鑽了進去。起初，這個洞口很狹窄，只能容許一個人通過。

⑥ 漁夫繼續往前走了幾十步，突然眼前就變得開闊敞亮起來。只見土地平坦開闊，房屋排列得整整齊齊，田間小路交錯相通。大人在田間愉快地勞動，小孩在田邊快樂地嬉戲。無論男女老少，看起來都自得其樂。

7 這時，有人看到了從洞口走出來的漁夫。他滿臉吃驚，上前問漁夫從哪裏來。漁夫便將自己迷路的經過告訴了他。

8 這個人聽了，熱情地邀請漁夫到自己家中做客，還大排筵席招待他。村民們聽説來了這樣一個人，也紛紛前來看熱鬧。

9 漁夫從閒談中得知，這些人的祖先為了躲避秦時戰亂，帶着妻子兒女來到這個與世隔絕的地方，再也沒有出去過。

10 漁夫見村民們完全不了解外面的世界，便告訴他們從秦到晉這六百多年來的興衰更替。這些人聽了歎息不已。

11 過了好些日子，漁夫才與村民們依依不捨地告別。村民們說：「千萬不要對外面的人說起這裏的事。」漁夫答應了。

12 漁夫出去後，找到他的船，就順着先前的路回去了，一路上都做了標記。

13 但他沒遵守承諾，回到武陵郡後，便直奔太守府報告了桃花源的事。太守滿心歡喜，立即派人跟着漁夫前往桃花源。

14 儘管漁夫事先做了標記，但還是沒能找到桃花源。桃花源自此成了人們心目中的理想世界。成語「世外桃源」也由此而來。

舐犢情深

釋義：老牛用舌舐舐小牛，表示愛撫。形容父母對兒女的感情深厚。犢（粵音讀），意指小牛。

1 東漢末年，有個叫楊修的人。他博學多才，機智過人，在曹操的軍中擔任主簿的職務。

2 楊修自恃才高，常常說話沒有分寸，絲毫不掩飾自己的鋒芒。生性多疑的曹操雖然欣賞他的才智，但也對他有些顧忌。

3 有一次，曹操命人建了座花園。建成後曹操前去查看。他看過之後什麼也沒說，只在門上寫了一個「活」字，就離開了。

4 大家都不知道這是什麼意思。楊修對工匠們説：「『門』裏有個『活』字就是『闊』，意思是門太寬大了。」

5 工匠們恍然大悟，重新建造木門，完工後再請曹操去看。曹操很喜歡，不過他知道是楊修的主意後，心裏有點不快。

6 曹操的三兒子曹植仰慕楊修的才華，經常邀請他到家裏做客。楊修告訴了他許多問題的答案。

7 因此，每當曹操問曹植軍國大事時，曹植就依照楊修教的，對答如流。

8 曹丕知道後，跑來跟曹操告狀，說曹植的答案都是楊修教給他的。曹操聽了，十分生氣，起了殺楊修的心思。

9 後來，曹操率軍攻打劉備，卻遲遲不能取勝。他想要退兵，又怕自己被蜀兵恥笑。曹操心裏猶豫不決，也沒心思吃飯。

10 晚上，廚師給曹操端來雞湯，正巧夏侯惇（粵音蹲）進來請示巡夜的口令。曹操看見碗裏的雞肋骨，隨口說：「雞肋！」

11 夏侯惇出了軍帳，便傳令眾官。於是，士兵們一個一個傳達「雞肋」的口令，只是他們都不知道這個口令是什麼意思。

12 楊修聽見口令是「雞肋」，便讓隨行士兵收拾行裝。夏侯惇聽說後，急忙找來楊修，問他為什麼這麼做。

13 楊修解釋說：「雞肋吃起來沒肉，扔掉了可惜。丞相以『雞肋』為口令，想必是下了回去的決心。」

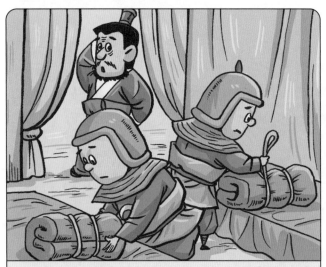

14 再說曹操心煩意亂，睡不着覺，便去軍營看看情況。當看到士兵們都在打點行裝時，他十分震驚。

15 他急忙將夏侯惇召入帳內詢問原因。夏侯惇回答：「楊修說丞相準備退兵，所以我們先收拾行裝，免得到時慌亂。」

16 曹操又命人把楊修找來。聽楊修說出關於雞肋的解釋，曹操大怒道：「你怎麼敢亂造謠言，亂我軍心！」

17 曹操氣急敗壞地命令刀斧手將楊修推出去斬了，並將他的頭顱掛於轅門之外示眾。

18 後來，曹操看到楊修的父親楊彪神色黯淡，精神不振，便問他為什麼這麼憔悴。

19 楊彪流着淚說：「我對兒子還懷着老牛舐犢之愛啊。」曹操見他神色哀傷，又念及楊修的才幹，也為之動容不已。

死灰復燃

釋義：熄滅了的灰燼重新燃燒起來。比喻失勢的人重新得勢，或已經消亡的惡勢力又重新活動。

1 西漢時期，大臣韓安國在漢景帝的兄弟梁孝王手下當差。他足智多謀，辦事出色，深得梁孝王的信任。

2 吳楚七國叛亂時，韓安國奉命去穩固防守，立下了汗馬功勞。後來他卻因犯法被判罪，從聲名顯赫的功臣淪為了階下囚。

3 韓安國被關押在蒙縣的監獄裏。有一名叫田甲的獄吏認為韓安國已失去權勢，所以常常藉故百般羞辱他。

4 有一天，韓安國忍無可忍，咬牙切齒地對田甲說：「你把我看作熄了火的灰爐，可你要知道，灰爐也會重新燃燒起來的。」

5 田甲卻不以為然，笑嘻嘻地說：「如果死灰復燃，我就撒泡尿把它澆滅。」

6 過了不久，梁國內史職位空缺，漢景帝一時找不到合適的人選，只得下詔釋放韓安國，讓他戴罪立功，填補空缺。

7 田甲聽說這個消息後，害怕韓安國會找他算帳，連夜收拾包袱逃跑了。

8 韓安國得知此事，故意對外散布言論說：「如果田甲不回來，我就滅了他全族！」

9 田甲擔心族人的安危，只好又趕緊回來。他脫去外衣，跪在地上，聲音顫抖地請求韓安國原諒自己。

10 韓安國卻笑着調侃他說：「現在死灰復燃了，你可以撒泡尿看看能不能澆滅它。」田甲頓時被嚇得面無血色，連連磕頭。

11 其實，韓安國心胸寬廣，並沒有記恨田甲。他這樣做只是想嚇唬田甲，所以訓斥田甲幾句後，便讓手下將他放了。

天衣無縫

釋義：原指天上神仙的衣服沒有衣縫。比喻事物周密完善，沒有破綻或漏洞。

1 古時候，有一個叫郭翰的人。他性格幽默風趣，整天都笑哈哈的。

2 郭翰的屋子前面有一個大庭院，鄰居們很喜歡去他家玩耍，一起聊天解悶。

3 一個夏天的晚上，鄰居們都散去休息了，但由於天氣酷熱難耐，郭翰還獨自在庭院中乘涼休息。

145

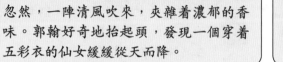

④ 忽然，一陣清風吹來，夾雜着濃郁的香味。郭翰好奇地抬起頭，發現一個穿着五彩衣的仙女緩緩從天而降。

⑤ 不一會兒，仙女站到了郭翰的面前。郭翰一點也不驚訝，熱情地邀請仙女喝茶，還好奇地向她打聽天上的事情。

⑥ 仙女謝過郭翰，坐下來說：「天上四季如春，樹木常青，花開不謝，也沒有人間的各種苦難。」

7 兩人好像老朋友一樣聊起天來。聊着聊着，郭翰突然好奇地問：「不知仙女穿的衣服，是不是也與人間的不同呢？」

8 仙女笑着說：「你可以仔細看看。」郭翰細細看她的衣服，卻看不出是用什麼面料製成的。更奇特的是，衣服沒有針縫。

9 仙女看出郭翰的疑問，便主動解釋道：「我穿的是天衣，本來就不是用針線縫起來的，自然沒有針縫了。」

10 郭翰聽完，哈哈大笑，再一看，仙女已消失不見了。

投筆從戎

釋義：扔掉筆去參軍。現多比喻有堅定的
抱負，從軍報效國家。

1 班超出生在東漢的一個書香世家，他的
父親班彪、哥哥班固和妹妹班昭都是當
時有名的史學家。

2 在班超二十二歲那年，父親去世了。他
的哥哥遵照父親的遺願續修《漢書》，
卻被誣告私自修改國史而下獄。

3 班超上書為兄長辯白，並請求代兄坐
牢。漢明帝被他的一片誠心感動，不僅
釋放了班固，還委任班超為蘭台史令。

4 蘭台史令的官職很低，也沒什麼實權，只是負責抄寫文書。這對於飽覽群書、志向遠大的班超來說，實在是太屈才了。

5 一天，班超在抄寫文書時，聽説匈奴在邊境燒殺搶掠，忍不住把筆往地上一扔，氣憤地拍着几案説要去從軍。

6 一同抄寫文書的人聽了，取笑他是在做夢，他怎麼能跟前朝因出使西域而立功封侯的傅介子和張騫相比呢？

7 然而班超並非説笑，他毅然辭去官府的差事，並憑着自己的才幹和努力謀得了一個假司馬（代理司馬）的軍職。

8 他跟隨大將軍竇固出擊匈奴。由於作戰勇敢，屢建奇功，他很快就獲得了升遷。

9 公元73年，漢明帝任命班超為使者，帶着隨從和禮物去結交西域各國。

10 班超來到西域，以高超的外交手段和出色的才幹，先後說服了莎車、月氏、龜茲、姑墨等五十多個西域小國與漢朝交好。

11 此後，班超在西域一待就是三十多年，先被封為西域都護，後又被封為定遠侯，實現了他報效國家的宏願。

危如累卵

釋義：危險得就像疊起來的蛋一樣容易倒塌，比喻情況非常危急。

1 春秋時期，晉靈公貪圖享樂。他強徵勞役，搜刮大量錢財，要工匠給他造一座九層的高台。

2 大臣們都反對這樣做，紛紛勸晉靈公不要浪費人力物力，多為國家和百姓考慮。

3 晉靈公見大臣們沒有一個支持他的，十分生氣，下令說：「誰再敢阻撓，就殺了誰。」

4 大臣荀息知道這件事後，不顧個人安危，冒險前去求見晉靈公。

5 晉靈公聽說荀息要來勸諫，命令武將拉弓搭箭在一旁候着，讓他只要聽到荀息開口勸諫，就立刻把他射死。

6 荀息見到晉靈公後，故作輕鬆地對他說：「大王，我今天來不是提意見的，我只是來給您耍個把戲，逗逗樂。」

7 晉靈公聽說他不是來提意見的，便放下警惕，高興地問道：「你一個老頭子，能給我表演什麼把戲呢？」

8 荀息說：「我能把九個雞蛋放在十二顆棋子上。」晉靈公一聽就來了興趣，命令一旁的武士退下。

9 荀息開始表演了，他先把十二顆棋子疊在底層，再在上面疊五個雞蛋，看上去還算平穩。

10 荀息又用三個雞蛋開始疊第二層。雞蛋又圓又滑，一不小心就滾了下來。荀息疊了一次又一次，總算搭成了。

11 荀息準備在第三層疊第九個雞蛋，他拿著雞蛋小心翼翼地試探。一旁的晉靈公見了，大叫：「危險，危險啊！」

12 荀息若無其事地說：「這有什麼危險的，還有比這更危險的呢！」晉靈公忙問更危險的是什麼。

13 荀息鄭重地說：「大王要建造一座九層高台，百姓就得花三年時間，這三年裏耕地荒廢了，國庫也空虛了。」

14 晉靈公沒有阻攔荀息，示意他繼續說下去。荀息說：「一旦外敵入侵，我們可能就會國破家亡，難道不更危險嗎？」

15 晉靈公這才醒悟過來，他拭了拭額上的汗，說：「這是我的過錯啊。」說完，他立刻下令停止建造高台。

無價之寶

釋義：不能用金錢計價的寶物。比喻極其珍貴的東西。

1 戰國時期，魏國的一個農民在田裏鋤草的時候，撿到了一塊長一尺多的玉石。

2 農民不知道這是什麼東西，他覺得鄰居見多識廣，就拿着這塊玉石去問他的鄰居。

3 鄰居一眼看出那是塊上等的玉石，但他想佔為己有，便騙農民説：「這是塊不祥的石頭，會給你惹來災禍，快扔了吧！」

4 農民半信半疑,並沒有扔了這塊玉石,而是將它隨意放置在家中的一個角落。

5 到了半夜,他醒來發現這塊玉石發出了奇怪的光,整個屋子都被照得亮堂堂的。

6 農民很害怕,第二天又去找鄰居,將這件事告訴了他。鄰居趁機再次騙農夫將玉石扔掉。

7 農民這回真的聽信了他的話,將玉石隨便扔到了野外。

8 悄悄跟在農民身後的鄰居卻將這塊玉石撿了回來，還將它帶進宮去獻給了魏王。

9 魏王請來宮裏最有經驗的老玉工來鑑別玉石。老玉工將這塊玉石看了又看，摸了又摸，卻一句話都不説。

10 魏王忙問：「這玉價值多少？」老玉工回答：「這玉的價值無法用金錢計算，用五座城池來換，也只能看它一眼。」

11 魏王聽了，大喜過望，重重獎賞了那個前來獻玉的人。從此，「無價之寶」這個成語就流傳下來了。

虛有其表

釋義：空有好看的外表，實際上無能。指有名無實。

1 蕭嵩是唐朝開國老臣蕭瑀的曾姪孫，他身材魁梧，容貌俊秀，還留着漂亮的鬍子，深得唐玄宗寵愛，被任命為中書舍人。

2 當時還有一個人也很受唐玄宗的器重，他就是許國公蘇瓌的兒子蘇頲（粵音挺）。

3 有一次，唐玄宗想任蘇頲為宰相，特意徵求大臣們的意見。大臣們都説皇上慧眼識英才，任人唯賢。

4 於是，唐玄宗讓蕭嵩起草一道任命蘇頲為相的詔書，打算在第二天早朝時宣布。

5 蕭嵩不敢怠慢，馬上動筆草擬詔書。很快，他就把詔書草稿送給唐玄宗審閱。

6 唐玄宗看見詔書中寫有「國之瑰寶」四個字，就說：「蘇頲是蘇瑰的兒子，頒給蘇頲的詔書不應該犯他父親的名諱。」

7 蕭嵩這才發現自己的疏忽，嚇出了一身冷汗。他走到屏風後面，重新提起筆來琢磨字句，卻完全不知要怎樣修改。

8 過了一會兒，唐玄宗進去查看，見他只是把「國之瑰寶」改成了「國之珍寶」，其餘的字一個也沒改。

9 唐玄宗大失所望，命令他馬上離開。蕭嵩只好羞愧地走了。

10 蕭嵩走後，唐玄宗生氣地把他草擬的詔書扔到了地上，氣惱地說：「虛有其表耳！」左右的人聽了，不禁笑出聲來。

11 其實，蕭嵩也不是真的一無所用，他後來為朝廷立下了許多軍功。唐玄宗也改變了對他的看法，並任命他為中書令。

睚眥必報

釋義：像瞪了自己一眼這樣極小的仇恨也要報復。形容心胸極其狹窄。睚眥（粵音崖寨），意指發怒時瞪着眼睛的樣子。

1 戰國時，魏國的范雎隨中大夫須賈出使齊國。齊襄王聽説范雎口才極好，便派人賜他黃金、酒肉，范雎怕受懷疑不敢收受。

2 沒想到須賈卻認為范雎與齊國有私交，於是回國後就將此事報告了相國魏齊。

3 魏齊聽後，立即派人把范雎抓起來，嚴刑逼問。范雎本來就是清白的，卻無人聽他解釋，最後他裝死才得以逃脱。

④ 范雎逃出來後，得到好友鄭安平的幫助，並留在他的家裏養傷。

⑤ 過了一段時間，范雎的傷養好了，但是魏國已經容不下他，他只好辭別好友，悄悄地去了秦國。

⑥ 歷盡千辛萬苦，范雎終於來到秦國。他改名為張祿，並且憑藉自己的辯才，得到秦昭王的賞識，成為秦國的相國。

⑦ 范雎當了相國後，保薦好友鄭安平當上了秦國的將軍，還把自己的部分家產分送給其他曾經幫助過他的人。

8 有一次，須賈受魏王派遣出使秦國。他到了秦國後，打算先去拜見秦相張祿。

9 范雎聽說後，便換上破爛的衣服去驛館見須賈。須賈見范雎沒死，吃了一驚。

10 看着范雎可憐落魄的樣子，須賈十分同情他，還找了一件新的袍子送給他。

11 第二天，須賈來到相國府。當他走進廳堂，發現求見的相國張祿就是范雎時，不由得驚恐萬分。

12 須賈慌忙跪地向范雎請罪。范雎當着眾人的面，歷數他的種種罪行，一點也不留情面。

13 不過，范雎念他不忘舊情贈送袍子，就饒了他的性命，只是要他回去告訴魏王，迅速送來魏齊的人頭，否則就要進攻魏國。

14 魏齊聽到這個消息後，嚇得四處躲藏，可是趙國和楚國怕引火焚身，都不敢收留他。魏齊無處藏身，被迫自殺了。

15 對於范雎的為人，《史記》評價：「一飯之德必償，睚眥之怨必報。」「睚眥必報」這個成語由此而來。

一毛不拔

釋義：連一根毛也不肯拔，形容為人非常吝嗇、自私。

1 從前，有一個非常吝嗇的富翁。由於他整天想方設法地剝削窮人，最後累得一病不起，眼看就要死了。

2 臨死前，他稍稍清醒了一點，睜眼看見屋裏擠滿了為他送終的親友。

3 忽然，他好像想起了什麼，朝眾人伸出兩根手指頭。

4 他的大兒子急忙上前詢問：「父親，您是不是想說還有兩個親人沒來？」他虛弱地搖了搖頭。

5 他的二兒子握住他的手問：「父親，您是不是有兩筆財產沒交代放在哪裏？」他又搖了搖頭。

6 還是他的妻子了解他，她看見桌上的油燈有兩根燈芯同時在燃燒，就走過去挑掉了一根。富翁這才稍稍地舒了一口氣。

7 過了一會兒，快斷氣的富翁把妻子叫到身邊，湊近她的耳朵，交代自己的身後事。

8 他斷斷續續地說：「我死後，別用棺材，挖個坑把我埋了就成。」

9 「不要請和尚唸經，我在黃泉下自己會唸經。」

10 「我死後，把我的毛髮拔下來賣給做刷子的人，一根也別丟了……」

11 把所有的事情都安排妥當後，他才終於嚥了氣，放心地離去了。

一字千金

呂氏春秋

釋義：改動一字賞賜千金。形容文辭精妙，價值極高。

1 戰國時期，秦莊襄王即位三年就病逝了。他年僅十三歲的兒子嬴政繼承了王位，也就是日後的秦始皇。

2 由於秦始皇年紀尚小，當時的相國呂不韋被尊為「仲父」，輔佐秦始皇執政。

3 呂不韋原本是個商人，因扶助秦莊襄王登上王位而飛黃騰達。但當時商人的地位很低，位高權重的呂不韋仍被人看不起。

4 為了籠絡人心，增強實力，呂不韋四處招賢納士。沒過多久，他門下的賓客就已多達三千人。

5 一天，呂不韋將這些門客都召集在一起，希望他們可以想一個辦法幫助自己迅速提高聲望。

6 有人說，在戰場上與敵人廝殺，為國家建功立業，可以樹立威信。但馬上有人反對說，萬一戰爭失利，會適得其反。

7 眾人一籌莫展之際，有位門客說：「孔子因著有《春秋》而更受人尊重，我們可以仿效他著書立說，提高地位。」

8 呂不韋很贊同他的提議，立即組織門客著手編纂一部著作。按照他的計劃，這部巨著包羅天地萬物和古今之事。

9 眾人齊心協力完成編纂工作。這部巨著規模宏大，共一百六十篇，二十餘萬字。呂不韋得意地取名為《呂氏春秋》。

10 呂不韋派人將《呂氏春秋》的原稿運到咸陽城門外公開展覽，還宣稱能增加或減少一字者，立賞千金。

11 前來圍觀的人成千上萬，但因害怕呂不韋的權位，始終沒人敢改動書上的字。呂不韋憑藉此事，獲得了很高的聲望。

一字之師

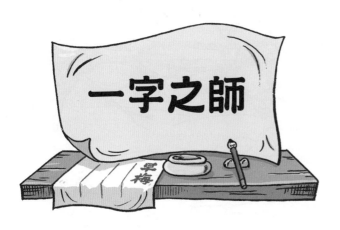

釋義：用來讚美改動一個字而使詩文更加完美的人。

1 唐朝晚期，江陵龍興寺裏有個法名叫齊己的和尚。他勤奮好學，能詩善文，性情高潔，常以梅花自詡。

2 一個冬天的早晨，齊己剛做完早課，一個小和尚就跑進佛堂，高興地對他說：「師父，後園的梅花開了，我們去觀賞吧！」

3 這些梅花是齊己親手種下的，聽說它們開花了，齊己自然是十分開心。於是，他立即起身，與小和尚一起向後園走去。

4 很快，他們穿過園門，來到後園。遠遠望去，幾枝梅花傲然怒放，清幽的花香撲鼻而來，這種清新脫俗的情景真是太美了。

5 齊己看着看着，不由得詩興大發，脫口吟道：「萬木凍欲折，孤根暖獨回。前村深雪裏，昨夜數枝開……」

6 詩寫完後，齊己拿去給文友們品評。大家看了都讚不絕口，還說要是能讓用詞準確生動的鄭谷先生來點評，就更好了。

7 齊己聽了，點頭稱是。他立即帶上這首乘興而作的《早梅》詩，去找鄭谷。

8 鄭谷讀了詩，沉吟片刻後說：「既以《早梅》為題，我以為『昨夜數枝開』不足以點明『早』字，不如改為『一枝開』。」

9 齊己聽了鄭谷的話，佩服極了，馬上跪下來，誠心實意地施禮，並稱鄭谷為老師。

10 後來，《早梅》這首詩就流傳開了，大家都說這個「一」字改得好，並稱鄭谷為齊己的「一字之師」。

因噎廢食

釋義：因為吃飯噎着了，所以就不吃飯。比喻因小失大，怕做錯事而乾脆不做事了。噎（粵音咽），意指食物堵住了食道。

1 古時候，冀州有一個大財主，他不僅家財萬貫，而且為人豪爽，喜歡結交朋友。

2 有一天，他準備辦一場生日宴會。於是，他在家裏大排筵席，邀請了許多親朋好友參加。

3 中午時分，各種美酒佳餚準備妥當，賓客們開始端杯舉盞、划拳行令。宴席上喧聲如潮，很是熱鬧。

4 有一位老人一邊說話，一邊夾了一大塊牛肉塞到嘴裏。突然，這位老人捂着脖子，憋得滿臉通紅，還直翻白眼。

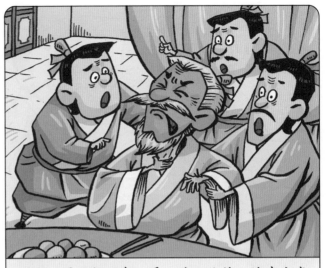

5 眾人趕過來一看，發現他被一塊牛肉卡住了喉嚨。於是，大家手忙腳亂地搶救起來。

6 有人使勁掰開老人的嘴巴，想用筷子把他喉嚨裏的肉夾出來，還有人捏着老人的脖子使勁往下刮……

7 老人實在受不了了，大喊一聲：「走開！」只聽啪的一聲，那塊牛肉竟然隨着他的叫喊噴了出來。

8 老人終於沒事了，大家也就放下心來。他們回到座位後，打算繼續喝酒。

9 這時，宴席的主人——那位財主高聲說道：「各位請回吧！為了防止再發生這樣的災禍，本府以後不許吃飯了。」

10 說完，財主還命人把廚房裏的炊具全都打碎，把柴米油鹽也都點火燒了。

11 賓客們以為這個財主瘋了，嚇得一哄而散。後來，根據這個故事，人們創造了「因噎廢食」這個成語。

餘音繞樑

釋義：唱歌停止了，餘音好像還繞着屋樑迴旋。形容歌聲優美，耐人尋味。

1 戰國時期，韓國有一個叫韓娥的姑娘，唱歌特別好聽。她只要一唱歌，周圍一里內的人都會隨着她的歌聲或悲或喜。

2 一次，韓娥去齊國的都城臨淄（粵音知），由於身上的錢花完了，吃飯和住宿都成了問題。

3 在走投無路的時候，韓娥發現齊國人喜歡音樂，到處都有歌聲，於是她靈機一動，打算靠賣唱來籌集一些錢財。

177

4 韓娥來到城門下，大聲唱起來。她的嗓音圓潤婉轉，還沒唱幾句就把路上的行人都吸引過來了。

5 大家聽她唱得十分動聽，便紛紛解囊相助。很快，韓娥就湊夠了路費。

6 她離開城門三天後，臨淄城裏的人還在回味她唱的歌，好像歌聲還隱約在屋樑間環繞，讓人久久不能忘記。

7 後來，韓娥在一家客棧住宿時，受到幾個人的羞辱。她心生淒涼，只好唱着哀傷的歌離開了客棧。

8 客棧周圍的人聽到這樣悲傷的歌聲，個個都忍不住傷心落淚。一些老人和小孩甚至因此吃不下飯。

9 人們只好去把韓娥追了回來，希望她能唱一曲歡快的歌，使老人和孩子從憂傷中解脫出來。

10 韓娥是個善良的人，她便忍住悲傷，唱了一首歡快的歌。那些老人和孩子情不自禁地跟着歌聲起舞，忘記了先前的悲愁。

11 傳說，後來住在臨淄的人，都喜歡用歌聲來表達喜悦和哀愁，大概是當年受韓娥唱歌的影響吧。

債台高築

釋義：築起很高的債務台。形容欠債很多。

經過春秋時期的多年爭霸後，周朝境內的諸侯國數量大大減少，形成了秦、魏、韓、趙、楚、燕、齊七雄並立的局面。

1

2 到了戰國末期，秦國的勢力越來越強，秦王一直想滅掉六國統一天下，而六國則想聯合起來抵禦秦國。

3 公元前257年，秦國派大將蒙驁率三十萬大軍伐趙。經過幾番激戰，趙魏聯軍大敗秦軍。

④ 楚考烈王覺得此時六國聯合出擊，定能一舉吞併秦國，於是派人請周赧王以天子的名義命令六國出兵伐秦。

⑤ 然而，周赧王只是名義上的天子而已，他所管轄的領地已經很小，各諸侯國也已經很久未向周朝朝貢了。

⑥ 周赧王十分痛恨秦國，很想趁此機會重振天子權威，便一口答應，並讓楚考烈王去約各諸侯國出兵。

⑦ 周赧王又把西周公叫來，讓他集中周朝的兵力，準備一支六千人的軍隊，參與到對秦的戰爭中去。

8 然而，周朝國庫空虛，沒錢給軍隊提供給養，周赧王只好向國內的富人借錢，還立下字據，説打了勝仗後就本息一併歸還。

9 借到錢後，周赧王派西周公率軍向陝西進發，準備與沿途的各諸侯國兵馬會合。

10 很快，楚國和燕國按約定出兵了。可是，三方部隊會合後，其他諸侯國卻沒有動靜，他們只好就地駐紮下來等待。

11 一直等了三個月，其他諸侯國都沒有出兵，楚考烈王只得下令撤兵。就這樣，仗沒有打，周赧王借來的錢卻都花完了。

12 見西周公的軍隊返回了，那些借錢給周赧王的富人紛紛拿着字據，去宮門口討債。

13 周赧王還不起債，只得讓守衛宮門的衛士將債主們擋在宮外。

14 門口吵鬧的聲音傳到宮內，弄得周赧王心神不寧，寢食難安。他發現宮裏有一座高台，便上那兒躲了起來。

15 後來，人們把那個高台稱為「債台」，並有了「債台高築」這個成語。

忠言逆耳

釋義：誠懇的勸告聽起來刺耳、不舒服。

1 公元前207年，劉邦帶領大軍攻破秦朝的都城咸陽。秦王子嬰走投無路，只得出城投降。

2 劉邦的將士們一進入咸陽，便爭先恐後地去尋找庫房，搶奪金銀珠寶，一時間弄得整個咸陽亂哄哄的。

3 劉邦大步走進秦宮，看到富麗堂皇的宮殿、數不勝數的奇珍異寶後，不由得眼睛都亮了。

4 面對後宮中數以千計天生麗質的宮女和妃嬪，他更是心花怒放。

5 劉邦坐在秦王的龍牀上，心滿意足地感歎道：「就在宮中住下吧，在外征戰多年，我也該歇歇了。」

6 大將樊噲（粵音快）見狀，忙勸劉邦不要貪戀錢財和美色，要將目光放得長遠些。可劉邦哪裏還聽得進去呢？

7 恰好這時，謀士張良也進來了。樊噲便把剛才的事告訴了他，讓他也勸勸劉邦。

8 張良對劉邦說：「您剛入咸陽，便貪圖享樂，是想毀掉自己的功業嗎？俗話說『忠言逆耳利於行』，請您聽樊噲的話吧！」

9 劉邦這才猛然醒悟。他馬上命令將士們封存庫房，關閉宮門。

10 然後，劉邦帶領將士們撤出咸陽，退回到霸上的軍營。

11 後來，他還與咸陽附近郡縣的百姓約法三章，承諾自己的軍隊不傷害百姓。就這樣，劉邦贏得了百姓的支持。

釋義：把心思全部放在某件事情上面，形容一心一意，精神集中。

1 弈秋是春秋時期魯國有名的圍棋高手。為了讓自己的技藝傳承下去，在晚年時，他收了兩個小徒弟。

2 弈秋盡心盡力地培養兩個徒弟。但這兩個孩子年紀相若，學習的內容也一樣，卻一個進步神速，一個學得一團糟。

3 弈秋覺得奇怪，便在講學時，特意留心觀察他們的一舉一動。

4 很快弈秋就發現，下棋下得好的徒弟總是非常專心地聽講，完全不理會別的事情。

5 每當聽到不明白的地方，他都虛心求教，直到弄懂了為止。

6 而另一個徒弟完全相反，他老是一副心不在焉的樣子，有時還將棋子拋來拋去，玩得不亦樂乎。

7 有時，他望着窗外發呆。要是飛過一隻鳥，他便立即興奮起來，恨不得從座位上起來，拉弓搭箭將飛鳥射下來。

8 弈秋一連觀察了幾天，終於明白兩個徒弟的學習效果大相徑庭的原因。他狠狠地訓斥了那個常常走神的徒弟。

9 那個徒弟感到很慚愧，他向師父保證，從今以後一定專心學棋。

10 果然，從那以後，他專心致志聽講，刻苦鑽研，棋藝越來越精湛。

11 後來，弈秋的兩個徒弟都學有所成，成了當時數一數二的圍棋高手。

成語百寶箱

小朋友，下面藍字的成語都是你們在這本書裏學過的，它們有一些共通點，可以歸納為同一類成語。我們將它們分類後，便可學習更多相關的成語！

含有地名的成語

洛陽紙貴	邯鄲學步	夜郎自大
暗度陳倉	藍田生玉	合浦珠還
逼上梁山	樂不思蜀	
得隴望蜀	杞人憂天	
東山再起	穩如泰山	

含有季節的成語

秋風過耳	春暖花開	一日三秋
春風得意	冬扇夏爐	一葉知秋
春風化雨	秋高氣爽	
春花秋月	秋收冬藏	
春華秋實	陽春白雪	

含有植物的成語

草木皆兵	囫圇吞棗	順藤摸瓜
出水芙蓉	柳暗花明	曇花一現
風吹草動	藕斷絲連	投桃報李
瓜熟蒂落	勢如破竹	揠苗助長

有關恩怨的成語

睚眥必報	恩怨分明	報仇雪恨
結草銜環	知恩圖報	公報私仇
恩將仇報	恩山義海	同仇敵愾
忘恩負義	恩重如山	反目成仇

形容場面熱鬧的成語

門庭若市	高朋滿座	水泄不通
車水馬龍	絡繹不絕	萬人空巷
川流不息	摩肩接踵	熙熙攘攘
沸沸揚揚	人聲鼎沸	座無虛席

運用誇張手法的成語

一字千金	膽大包天	如雷貫耳
百發百中	度日如年	無孔不入
垂涎三尺	揮金如土	一步登天
寸步難行	怒髮衝冠	一手遮天

形容做事認真的成語

專心致志	聚精會神	心無旁騖
腳踏實地	全神貫注	一絲不苟
盡心盡力	全心全意	一心一意
兢兢業業	善始善終	鄭重其事

含有人體器官的成語

病入膏肓	刮目相看	鐵石心腸
口蜜腹劍	口是心非	掩耳盜鈴
嗤之以鼻	三頭六臂	一目了然
肝膽相照	守口如瓶	讚不絕口

在書中找找看，還有哪些同類成語吧！

孩子愛讀的漫畫中國經典

成語故事③智慧篇

編　　繪：幼獅文化
責任編輯：林可欣
美術設計：張思婷
出　　版：園丁文化
　　　　　香港英皇道 499 號北角工業大廈 18 樓
　　　　　電話：(852) 2138 7998
　　　　　傳真：(852) 2597 4003
　　　　　電郵：info@dreamupbooks.com.hk
發　　行：香港聯合書刊物流有限公司
　　　　　香港荃灣德士古道 220-248 號荃灣工業中心 16 樓
　　　　　電話：(852) 2150 2100
　　　　　傳真：(852) 2407 3062
　　　　　電郵：info@suplogistics.com.hk
印　　刷：中華商務彩色印刷有限公司
　　　　　香港新界大埔汀麗路 36 號
版　　次：二〇二二年十一月初版
　　　　　二〇二四年一月第二次印刷

ISBN: 978-988-76251-6-2
Traditional Chinese Edition © 2022 Dream Up Books
18/F, North Point Industrial Building, 499 King's Road, Hong Kong
Published in Hong Kong SAR, China
Printed in China